Contents

Dreams and Other Ailments

Sueños y otros achaques

Llevaba muchas noches soñando con gente muerta. Se trataba mayormente de familiares, pero también de amigos, vecinos, y otros personajes que de una forma u otra dejaron huellas en mi memoria. Era como si el hecho de haber muerto les otorgara libre acceso a mi conciencia dormida.

En un principio los muertos entraban en mis sueños de uno en uno, vestidos de blanco. Pero luego se presentaban en grupos, anunciándose con el crujir de camisas y faldas almidonadas en los escenarios de mis sueños, las salas y patios mágicos de mi niñez, las hortalizas de mis abuelos, o la pequeña tienda de víveres de mi tío.

Mis abuelos muertos me contaban cuentos que conocían de muy atrás, y me llevaban de la mano para enseñarme a bendecir los árboles y a pedirles permiso para tomar su fruto. Yo me les prendía de buena gana, anticipando un viaje maravilloso y la revelación de secretos insospechados.

Los visitantes de mis sueños parecían muy conformes con estar muertos. Su alegría era tal que parecían estar más vivos que los propios vivos, y cuando me preguntaban sobre los que quedaron atrás, lo hacían sin viso de tristeza o nostalgia. Mientras escuchaban mis relatos sobre el mundo de los vivos no cesaban de asombrarse de la torpeza humana.

-No puedo creer que sigan cometiendo los mismos errores estúpidos -decía mi abuelo-. Ya va siendo hora de que, si van a meter la pata, que sea de forma más novedosa, y no de la misma manera idiota.

Mi abuela hablaba de "la falta de claridad del mundo de los vivos," y me daba mensajes y advertencias con el fin de allanarles la engorrosa marcha a sus seres queridos. Pero yo sabía que nadie me escucharía, pues los mensajes de abuela no podían tener sentido para ellos, aunque lo tuvieran para mí. Yo aceptaba sus consejos como palabras divinas, prometiéndole que los entregaría sin falta, pero luego me era imposible articular sus palabras.

La primera en aparecer en mis sueños fue Abelarda, la diosa negra que durante mi niñez me cantaba en *Yorubá*, la lengua de sus ancestros, y quien me paseaba de la mano todas las tardes.

Mi madre la había rescatado de la más densa manigua cuando Abelarda tenía catorce años. Había sido violada por un tío y luego su padre le dió una paliza bestial con un metro de soga por haber perdido la virginidad. Cuando mi madre se enteró, procuró la ayuda de uno de los vaqueros de abuelo, y los dos se fueron a caballo por todo el monte a buscar a la muchacha.

Cuando vi a Abelarda por primera vez, mi madre la arrastraba de la mano

For many nights, I dreamt of dead people. They were mostly relatives, but also friends, neighbors and other characters who, one way or the other, had left their mark in my memory. It was as if the mere fact of having died gave them access to my sleeping consciousness.

At first, the dead walked into my dreams one at a time, always dressed in white. But soon they took to appearing in groups. The crunching of their starched clothes announced their entrance at center stage of my dreams, which could be the magical rooms and backyards of the my childhood, my grandparents' farm or my uncles' little grocery store.

My dead grandparents told me stories they knew from way back, and took me by the hand to teach me how to bless the trees and how to ask for permission to take their fruit. I gladly attached myself to my grandparents, rejoicing in anticipation of a journey where great and important secrets would be revealed to me.

The visitors of my dreams seemed quite content with their dead condition. Their joy was so apparent that they seemed more alive than the living. When they asked me about those who remained in the physical world, it was without a hint of longing or nostalgia. As they listened to what I thought was important news from the world, they expressed amazement at how clumsy and stupid living humans were.

"I can't believe they continue to make the same stupid mistakes over and over," my grandfather would say. "One would hope that if they must blunder, they would find new and different ways to do it, not the same idiotic ones every time."

Grandma spoke of "the lack of clarity of the living world." She gave me words of advice to pass on, hoping to pave the way for her loved ones still living. But I knew that none of them would listen, because Grandma's messages would make no sense to them, even if they did to me. I accepted her instructions as divine words and promised to deliver them, but later I was unable to articulate her words while awake.

The first to appear in my dreams was Abelarda, the beautiful black goddess who, when I was a child, sang to me every night in the *Yorubá* language of her ancestors, and who took me by the hand every afternoon for a stroll.

My mother had rescued her from the thickest bushes when Abelarda was fourteen. She had been raped by her uncle, and then savagely beaten by her father with a yard of rope because she had lost her virginity. When my mother heard the story she enlisted the help of one of my grandfather's hired cowboys, and on

como si la hubiera cogido a lazos. Las dos venían sudorosas y los ojos de Abelarda estaban desorbitados de susto. Pero desde el primer momento Abelarda fue para mí un ser mítico, sabio y fascinante. Aquel día me saqué el chupete de la boca para siempre. El lustre de su negra y tersa piel, y su sonrisa tímida y luminosa me habían quitado el infantil instinto de chupar.

Me encantaba sentarme sobre su regazo para sentir los abultados músculos de sus muslos debajo de mí. Enredaba mis dedos en su pelo abundante y acolchado. Ella me lo soportaba todo, y hasta sonreía entre muecas de dolor cuando desenredaba mis dedos con paciencia.

Yo suspiraba por comer en la cocina con ella lejos de mis padres, porque allí podía usar las manos, y hacer sopas con la comida, como ella. Yo gozaba con su ausencia de modales y la imitaba, cogiendo el pegajoso arroz a puñados para llenarme los carrillos. Me limpiaba la boca con el dorso de la mano, y luego me lo frotaba contra el pelo. Las comidas eran verdaderas experiencias sensuales con Abelarda.

Por mucho que insistiera mi madre, Abelarda nunca quería calzarse. Jamás aprendió a caminar normalmente con los zapatos puestos. Tenía los pies gigantescos, y sus plantas estaban protegidas por una callosa suela natural. Los zapatos no eran más que un impedimento para ella. Sólo soportaba las alpargatas viejas de mi abuelo, ya estiradas al máximo, deformes y desflecadas por el uso. Aún así les aplastaba el calcañal para poder meter todo el pié cuando se las ponía a regañadientes para llevarme a pasear, pues mi madre no quería que anduviera descalza por la calle, como una pordiosera.

Chás, chás, chás, sonaban los pies de Abelarda al arrastrar las ensanchadas alpargatas. Pero a cierta distancia de la casa, se las quitaba y las metía en una bolsa de papel que siempre llevaba en el bolsillo con ese fin.

Mi madre le pagó a un zapatero para que confeccionara un par de zapatos especialmente para Abelarda, con un tacón pequeño, fuertes hebillas, y costuras resistentes. Era como cualquier par de zapatos de mujer, sólo que enormes, como para una diosa. Pero Abelarda únicamente se los ponía por Navidad y Año Nuevo por complacer a mi madre.

A pesar de que no podía dar más que unos pocos pasos sin tambalearse, con los zapatos puestos parecía como si pudiera echarse a andar sobre las aguas. Por eso, queriendo impresionarme, intentaba hacerlo a menudo durante mis sueños. Cruzaba el manso río que corría cerca de la casa de mis abuelos mientras yo la observaba con la boca abierta. A veces salía triunfante, saltando a la orilla y cayendo con sus dos pies en tierra firme. Pero a menudo se le llenaban los zapatos de agua y caía con gran estrépito. Me angustiaba verla chapaleando con desespero por llegar a la orilla.

Abelarda había nacido y crecido en Marabú Arriba, una zona remota de la provincia a la cual sólo se podía llegar tras dos horas a caballo por terrenos desiguales desde la finca de mis abuelos. Por lo tanto nunca había visto automóviles ni bombillos de luz eléctrica siquiera antes de que mi madre la trajera a casa en vísperas de carnaval.

Camino a la ciudad, el vaquero que acompañaba a mi madre le habló de las

Sueños y otros achaques

horseback they took for the bushes to fetch the girl.

When I saw Abelarda for the first time, my mother was dragging her by the hand, looking as if she had caught her by lasso. Both were dripping with sweat and Abelarda's eyes were wide with terror. But to me, since the very first moment, Abelarda was something of a mythical being, wild, wise, and fascinating. And that day I took my pacifier out of my mouth for good. The sheen of her black, smooth skin, and her shy, but luminous smile suddenly liberated me from infantile sucking reflexes.

I loved to sit on her lap and feel the bulging muscles of her thighs under me. I would tangle my fingers in the plush, black cushion of her hair. She tolerated it all, and even smiled through grimaces as she patiently untangled my fingers.

I longed to eat with her in the kitchen, away from my parents, because I could use my bare hands and mush my food, just like she did. Fascinated by her absence of manners, I imitated her, dipping my hand in the sticky rice and stuffing my cheeks to capacity. I then wiped my mouth with the back of my hand, and rubbed my hand against my hair. Eating was a truly sensuous experience with Abelarda.

As much as my mother insisted that she should, Abelarda rarely wore shoes. She never learned to walk properly with them on. Her feet were gigantic, their soles protected by a thick, callous layer. Shoes were nothing but an obstacle to her. She would only wear my grandfather's *espadrilles*, already raggedy and deformed, stretched to their limit by use. Still, she had to flatten out the heel for her entire foot to fit in. She reluctantly put them on to take me out for a stroll because my mother didn't want her to be seen barefoot in the street, like a beggar.

Chas, chas, chas, went her feet as she dragged the floppy *espadrilles*. But once we were at a certain distance from home, she would take them off and place them in a paper bag that she carried in her apron's pocket for that purpose.

My mother paid a shoemaker to custom-make a pair of shoes for Abelarda. They had low heels and strong seams and buckles. They looked like a normal pair of women's shoes, except for their extraordinary dimensions, made for a goddess. Yet Abelarda only wore them for Christmas and New Year's Eve to please my mother.

Even though she could only take a few steps without tripping, when she wore her big, shiny shoes she seemed capable of walking over water. Wishing to impress me, she often tried to do just that in my dreams. She would walk across the river that ran through my grandparent's land, while I watched her in awe. Sometimes she was triumphant, jumping onto firm land, landing on two feet. But often, her shoes took in too much water, and she fell in with a splash. It filled me with anguish to watch her frantic dog-paddling, as she struggled to reach the shore.

Abelarda was born and raised in Marabú Arriba, a remote area of the province that could only be reached after two grueling hours on horseback from my grandparent's farmhouse. So she had never seen cars, or even electric lights before my mother brought her home on the eve of the carnival festivities.

On the way to the city, the young horseman that accompanied my mother

carrozas y comparsas, de los disfraces y petardos, pero ella jamás había visto nada de eso. Escuchaba con los ojos muy abiertos tratando de adivinar el significado de tantas palabras nuevas.

Pasó los primeros días en casa agarrada a los barrotes de la ventana de la sala, observando el mundo en silencio con los ojos desorbitados. Los vecinos, al notar el blanco de sus ojos atisbando por la ventana sin perderles pie ni pisada, comenzaron a expresar su inquietud. Pero aquello no duró mucho.

Al séptimo día de su llegada, Abelarda, envalentonada, se mudó a un nuevo parapeto, sentándose sobre los escalones frente a la puerta principal. Tras una hora de callada observación, entró a casa con gran bullicio.

-¡Venga a ver esto, Señora! ¡La carroza más linda!

-En pleno día no, Abelarda. Sólo pasan de noche. No puede ser una carroza.

-¡Sí que lo es, Señora! ¡Apúrese!

Mi madre se apartó de la máquina de coser y siguió a la alborotada Abelarda hasta la puerta de la calle.

Un pequeño carruaje blanco, tirado por níveos caballos, se acercaba por nuestra calle. Los potros, adornados con penachos de plumas tan blancas como sus crines marchaban al unísono sobre los adoquines, clop, clop, clop. Detrás venía una multitud solemne y silenciosa, cuya pesada marcha acompañaba el eco de los cascos. La joven madre, sostenida a cada lado por hombres de negro, llevaba la expresión de una Dolorosa en procesión.

Mi madre se persignó, cerró la puerta lentamente, y en susurros llenos de compasión sacó a Abelarda de su error.

-El carruaje es blanco y bonito porque el muerto es un niño-.

-¡Ay señora! ¿Cómo iba yo a saber? Allá en Marabú Arriba enrollan al muerto en un trapo blanco, lo cargan en yaguas, y p'al hoyo.

Mi madre trató de minimizar su inocente error, pero Abalarda quedó unos minutos tras la puerta estrujando el delantal entre sus manos crispadas. De repente se me abalanzó, me alzó del suelo y rezó con mucho fervor conmigo en brazos, pidiendo a sus santos africanos que nunca tuvieran que llevarme en el carruaje blanco. Ese día sentí todo el amor de Abelarda como ningún otro.

Una o dos veces al mes mi tía Jimena nos pedía a Abelarda prestada. Me irritaba hasta enfermar el tener que compartirla entonces, y aún en sueños me resulta difícil.

Mi tía la venía a buscar para que la ayudara cuando se le metía en la cabeza que era hora de "hacer la limpieza." Lanzaba baldes de agua por las paredes y los suelos de su casa para arrasar con todo lo "malo." También necesitaba a Abelarda cuando mis primos caían enfermos y ella sola no daba a basto recogiendo vómitos y preparando tantas tisanas para las fiebres.

Mamá, en su celo educativo, le cedía a Abelarda por varios días bajo la condición de que le dejara tiempo para su cartilla de lectura, con el fin de que no olvidara lo aprendido y no fuera tan silvestre.

Yo me ponía insoportable de solo anticipar la ausencia de Abelarda.

-¡Por favor, Jimena!- rogaba mi madre-. ¡No me quites a Abelarda por mucho rato, que vamos a tener lloriqueos y majaderías para todo el día!

told Abelarda about the floats and parades, the costumes and fireworks, all things she could not even imagine. She listened with her eyes wide open, trying to guess the meaning of so many new words.

She spent her first three days in our home in town clutching the bars of the window by the front door, observing the world with her eyes and mouth wide open. The neighbors began to voice their concern as they noticed the white of her eyes behind the iron bars of the window as she watched them come and go. But that did not last long.

On the seventh day of her arrival, a more daring Abelarda moved to a new post on the steps just outside the front door. She had been there merely one hour when she came in, breathless with excitement.

"Come, *Señora*, come and see this! The most beautiful float!"

"Not in the middle of the day, Abelarda. Floats only parade in the evening. It cannot be."

"Yes, it is, *Señora*. Hurry up!"

My mother pulled herself away from her sewing machine and followed an agitated Abelarda to the front door.

A white carriage, pulled by white horses had just turned onto our street. Their heads adorned with white feathers, the horses marched in perfect rhythm: Clop, clop, clop. Behind the carriage, a crowd shuffled in solemn silence. The grieving young mother was held up by two men in black. Like Our Lady of Sorrows in a procession, she had pain etched on her face.

My mother made the sign of the cross, closed the door slowly, and in compassionate whispers explained to Abelarda how wrong she had been.

"The carriage is so pretty and white because the corpse is that of a child."

"*Ay, Señora*. How could I have known? Back in Marabú Arriba they wrap the dead in a white sheet, carry it in *yaguas* to the hole, and down it goes!"

My mother did her best to downplay her innocent mistake, but Abelarda stayed behind the door for a while, clutching the hem of her apron. Suddenly, she ran to me, took me in her arms, and prayed to her African saints for my safety, so I never would have to be taken in the ghostly white carriage. I felt Abelarda's love that day like no other.

Once or twice a month Aunt Jimena would ask to borrow Abelarda. Having to share her used to irritate me so much that I became ill. It still bothers me, even in dreams.

My aunt would come to fetch her when she got it in her head that it was time to "cleanse" the house by throwing buckets of water on all walls and floors to wash away evil. She also needed Abelarda when my cousins were sick because she did not have enough arms to pick up all the vomit and fight all the fevers all by herself.

Mamá, in her literacy zeal, let her take Abelarda under the condition that she allow her enough free time for her reading, so that she would not forget what she had learned and go back to her wild ways.

I would become distraught by merely anticipating Abelarda's absence.

"Please, Jimena!" My mother pleaded. "Don't keep her too long or I'll have

A pesar de lo mucho que me disgustaba su necesidad de Abelarda, tía Jimena ocupa un importante lugar en mi corazón.

La última vez que la vi en sueños cantó una canción muy bonita y muy vieja que a menudo entonaba en las fiestas de familia. Era su costumbre hacerse de rogar, pero cuando por fin accedía, se aclaraba la garganta con un trago de ron puro, y caminaba a su sitio al lado del piano, asumiendo su postura de diva. Entonces nos sentaban a todos los chiquitos en el suelo, a sus pies, y nos exigían silencio a manotazos.

Desde el frío asiento de las baldosas, la imagen de tía Jimena ofrecía un singular espectáculo que me hipnotizaba. Colocaba sus manos entrelazadas bajo la amplia sombra de sus pechos, y cerraba los ojos. Hasta el tiempo se detenía cuando su voz de contralto llenaba el aire:

"Corazón, que olvidaste mi consejo,
sufrir más, ya no te dejo..."

Aparte del volúmen y alcance de su voz, tía Jimena era ya de por sí una presencia que no necesitaba acompañamiento. Pero cuando había un piano disponible, mi madre cumplía con su deber artístico aunque nadie se lo pidiera. Se sentaba al teclado con la espalda muy derecha y las manos en posición forzada. Entonces destrozaba la partitura si tenía una a la mano, o tocaba de oído, lo cual era aún peor.

Así fué como tía Jimena cantó la última vez, con mamá al piano. Y ni los primeros acordes estridentes me despertaron.

Segundos después de comenzar la canción me percaté de que todos los muertos de la familia estaban en la sala, detrás de mí, guardando completo silencio. Aún la última vez que soñé con mi tía cantando, ni los aplausos estruendosos de los muertos me despertaron. Y me quedé a gusto entre todos ellos para disfrutar del resto de la celebración.

Las últimas notas de *Corazón* aún vibraban en mis oídos cuando vi a mi padre surgir del grupo y caminar hacia mí a grandes zancadas. Casi salté de alegría. Extendiendo sus poderosos brazos, papá me levantó del suelo para colocarme sobre sus hombros y llevarme con él a la bodega de tío Humberto para comprar cigarros.

Desde los hombros de mi padre la gente perdía importancia y estatura, mientras que los colores eran más vivos que los que veía desde mi punto de vista usual, entre delantales, barrigas, y cinturones.

Por el camino no vimos a nadie más que al perro viejo de la gente de al lado tumbado al sol, tratando de atrapar moscas con la boca, y a Gumersinda, la vecina tuerta de tía Jimena. Había salido a echar un balde de agua a la calle y tuvo que esperar a que pasáramos. Tenía un parche sobre la cuenca de su ojo perdido que le daba un aspecto feroz. Por eso la recordaba con tanta claridad.

Al caminar, mi padre daba saltitos inesperados para sorprenderme y hacerme reír, mientras sus manos me agarraban firmemente de las rodillas.

Tío Humberto, ignorando la festividad en su propia casa, se encontraba detrás del mostrador, con sus grandes orejas peludas en alerta espera de

to deal with whining and crying all day!"

But in spite of my resentment toward her for needing Abelarda so much, Aunt Jimena also occupies a very important place in my heart.

The last time I saw her in my dreams, she sang an old tune she loved to sing during family get-togethers. It was her habit to refuse to sing at first. But once everyone had pleaded and begged enough, she finally agreed to do it. And when she did, she started by clearing her voice with a swig of pure rum, then she walked slowly to her singing spot by the piano, and assumed her diva pose. By then, all of us children had been smacked into sitting on the floor at her feet, and ordered to remain silent.

From my seat on the cool tiles, Aunt Jimena offered a singular view that kept me spellbound. She straightened her back and kept her hands clasped under the ample shade of her breasts. When she closed her eyes, time itself stood still, and her dramatic contralto filled the air:

Corazón, que olvidaste my consejo...
Sufrir más, ya no te dejo...

With the volume and reach of her voice, Aunt Jimena was already a presence that didn't need any accompaniment. But my mother fulfilled her artistic duty whether it was requested of her or not. She would sit at the piano and carefully position her hands over the keys. When a music sheet was available, she often misread it. Otherwise she would play by ear, which was worse.

Aunt Jimena sang her song during my latest dream, with Mamá at the piano. And not even the first few dissonant chords woke me up.

As the song started I realized that all my dead relatives were in the living room behind me, in respectful silence. And the last time I dreamt of my aunt singing not even the thunderous applause of the dead woke me up. So I stayed to enjoy the gathering.

The last notes of Corazón were still ringing in my ears, when I saw my father break away from the group and walk in long strides toward me. I almost jumped for joy. Lifting me from the floor in his powerful arms, he sat me on his shoulders, and took me with him to Uncle Humberto's bodega to buy cigarettes.

From my father's shoulders, everyone else diminished in stature and significance, while the colors of the world seemed brighter than they did from my usual point of view among aprons, bellies, and belt buckles.

On our way to the bodega we didn't see anyone except for the neighbors' old dog taking in the sun, trying to catch flies in the trap of his mouth, and Gumersinda, Aunt Jimena's one-eyed neighbor. She came to her door to toss a bucket of water into the sidewalk, but had to wait until we passed by. She wore an eye-patch and had a mean expression, which is why I remember her so well.

As my father walked, he surprised me with little hops now and then, while he held onto my knees so I wouldn't fall.

Standing behind the counter and ignoring the festivities in his own house was Great-uncle Humberto himself, his hairy ears on alert for customers, and a smelly cigar pinned between his stained teeth. As a greeting, he always pinched my

compradores, y con un hediondo puro entre sus dientes manchados. Como saludo, me propinó su habitual pellizco en la mejilla que luego, por mucho que me lavara, me dejaba oliendo a tabaco el resto del día.

Me deslicé de los hombros de mi padre hasta el suelo y comencé a saltar de cuadro en cuadro por las baldosas. Primero esquivé una baldosa negra en un solo pie, luego salté sobre una negra y una blanca, y luego tres, hasta que al querer dar un brinco por encima de cuatro baldosas, caí de nalgas y me quedé sin aire. Papá no se dió cuenta de mi golpe porque estaba muy acalorado hablando de política con tío Humberto.

Logré recuperarme valientemente y en silencio. Aún en el suelo, observé la nube de humo que los envolvía a ambos, y que luego subía hasta entregarse a las aspas del ventilador que colgaba entre las vigas del techo.

En cuanto pude respirar hondo, rodé por el suelo como una colilla lanzada en catapulta por los dedos de mi padre, y me metí detrás del mostrador. Desde allí me escabullí al almacén, donde se me tenía prohibido entrar desde hacía tiempo.

Mientras buscaba melcochas y chocolates que robar, contemplé varios barriles de canela en rama, azafrán y comino. Me detuve a aspirar los intrigantes aromas y el aire misterioso de tantos envases cerrados, cuando advertí que mi primo Claudio estaba a unos pocos pasos, de espaldas a mí, contando cajas.

Cuando descubrió que lo miraba, se metió el dedo en la nariz y se sacó un moco verde y gigantesco.

-¡Mira! ¡Cómetelo! -Hizo como que me iba a perseguir con el moco colgándole del dedo.

-¿Tú estás loco, Claudio? ¡Eres un cochino!

Había una escoba cubierta de sal que tío Humberto colocaba detrás de la puerta para espantar a las visitas intrusas. Se la tiré a Claudio, pero él la agarró en aire y se rió. Lo llamé cochino otra vez y salí corriendo a reunirme con mi padre.

Lo encontré tal y como lo dejé, discutiendo con tío Humberto y echando pestes del presidente de la república. Ambos seguían envueltos en una nube de humo.

Trepé por la espalda de papá como un simio por el tronco de un cocotero, y me acomodé sobre sus hombros. Allí me encontraba a salvo, agarrándome a sus orejas, lejos del repelente Claudio y sus mocos.

De regreso a casa de tía Jimena, mi padre olvidó dar saltitos. El humo que le salía de la nariz me envolvió. El estómago me dio vueltas y una oleada de náusea subió hasta mi garganta. Me agarré con más fuerza a su cabeza con cuidado de no taparle los ojos.

Al doblar la última esquina noté que su cabello había encanecido de pronto, se desprendía de su cabeza para volar en la brisa, y algunos se me metían en la boca. Puñados de hebras de plata quedaban enredados entre mis dedos. Mientras yo escupía pelos, mi padre no parecía darse cuenta de lo que le estaba sucediendo.

Al llegar frente a la casa de tía Jimena, sentí que bajo el peso de mi cuerpo, mi padre se derrumbaba y me dejaba caer. Se desmoronó por completo hasta convertirse en un promontorio de tierra que en cuestión de segundos se confundió con el polvo del camino al ser abatido por una ráfaga.

cheeks, and the smell of his cigar would stay with me the rest of the day, no matter how much I tried to wash it out.

I slid from my father's shoulders to the checker floor and started to jump over the floor tiles. First, I jumped over one black tile on one foot, then over one black and one white, and then jumped over three tiles. When I tried to jump over four tiles, I slipped and fell on my bottom, knocking the wind out of my lungs. Papá never noticed my fall because he was shouting, red-faced, arguing about politics with Uncle Humberto.

I did not make a sound, and recovered bravely. Still flat on the floor and a little dazed, I observed as the cloud of cigar smoke that enveloped both of them rose to meet the blades of a fan that hung from the ceiling.

As soon as I could breathe normally again, I rolled on the floor like one of my father's cigarette butts flicked by his fingers and slipped behind the counter. From there I crawled into forbidden territory —the warehouse— from where I had been banished long before.

Looking for gooey candy and chocolates to steal, I passed several barrels of cinnamon, saffron and cumin. I stalled to enjoy the intriguing aromas and to bask in the mysteries of so many tightly closed containers, when I saw my cousin Claudio, only a few steps away, with his back toward me, counting boxes.

When he saw me looking at him, he put a finger up his nose and extracted a large booger.

"Look! Come and eat it!" He whispered, walking toward me with the booger hanging off his finger.

"Are you crazy, Claudio? You are a pig!"

There was a broom covered with salt placed behind the door by Uncle Humberto, who believed it could magically scare away unwanted warehouse visitors. I threw it at Claudio, who simply caught it in the air, and laughed. I called him a pig again and ran to meet my father.

I found him exactly as I left him, arguing with Uncle Humberto and cursing the president of the republic. Both were still engulfed in cigar smoke.

I climbed up my father's torso to his shoulders as a monkey would climb a coconut tree, and perched myself as comfortably as I could. Safety at last, away from the repulsive Claudio and his boogers.

On our way back to Aunt Jimena's house, my father forgot to hop to surprise me. The smoke that left his nostrils surrounded me. My stomach churned and a wave of nausea grabbed me by the throat. I held onto Papá's head, careful not to cover his eyes.

When we turned the last corner I noticed that his hair had become white and was beginning to fall out and drift in the breeze, some of it flying into my mouth. I soon was holding handfuls of silver strands between my fingers. While I spat hairs out, my father seemed unaware of what was happening to him.

When we approached Aunt Jimena's house, I felt that under the weight of my body, my father crumbled, and I fell. He simply caved in and became a pile of dirt. A gust of wind blew away his dust and mixed it with the dirt of the road in a

Me invadió una opresión muy profunda y quise huir del sueño. Me froté los ojos, salté varias veces, me pellizqué, y traté de gritar "¡Esto es un sueño! ¡No es más que un sueño! ¡Quiero salir!" Pero todos mis esfuerzos fueron en vano.

Tía Jimena me estaba esperando en la puerta con lágrimas en los ojos. "Lo ha visto todo," pensé al caminar hacia ella con la cabeza baja, sin volver a mirar el sitio donde mi padre y el polvo de la calle se habían mezclado.

Mi tía me acogió cálidamente, y cuando quise rodear su cintura con mis brazos, mi cabeza rebotó contra su barriga. Así desde tan cerca pude escuchar el sostenido trompeteo de sus tripas. Tía Jimena era toda música y canciones, aún llorando.

-Papá se hizo tierra, tía -le dije, hundiendo mi nariz en el valle de su ombligo.

-Ya lo vi, pero no te preocupes que ahorita llueve y volverá a levantarse como si nada.

-¿Tú crees?- la esperanza me animó-. Pero entonces, ¿por qué lloras?

-¡Ah! Costumbre que tiene una. Se me olvida que aquí ya no hay razón para llorar.

Sin entender lo que quiso decir tía Jimena, me quedé mirándola en espera de una aclaración que nunca llegó. Supuse que se daba cuenta de que estaba muerta, y por eso lloraba.

-Claudio se sacó un moco para que me lo comiera-. dije, por distraerla.

-¿Qué dices, criatura?

-Quería que me comiera un moco suyo...

-¿Un qué?

-Un moco.

-¡El muy asqueroso! ¿Otra vez a sus viejas andadas? ¡Deja que yo lo agarre!

-¿Vas a agarrar su moco?

-No, mi ángel. Lo voy a agarrar a él por el pescuezo. No faltaba más que sigamos con las mismas malas costumbres aquí. No se lo digas a tu mamá, que le va a dar mucho asco.

-Está bien, no se lo diré. ¿Pero crees que le puedo decir que papá se hizo tierra?

-No veo por qué no. Ella tendrá que enterarse tarde o temprano.

Me desprendí de tía Jimena y salí corriendo en busca de mi madre u otra persona con quien soñar.

Me detuve entre jazmines bajo una ventana para escuchar la conversación de mis abuelos a la hora de la siesta. Se echaban pedos, se reían, y decían cosas muy cómicas. Pero en ese preciso momento creo que me desperté por fin.

Me pareció que entraba demasiada luz por la ventana, y de pronto me vi dentro de mi propia habitación de vida adulta, en mi cama, y ante mi propia ventana. Pero no me sentí con ánimos de abandonar el calorcito de las sábanas para correr las cortinas, y me volví a dormir, cayendo otra vez en la telaraña de mis sueños.

A través de una leve neblina pude ver que ya no me encontraba en casa de tía Jimena, sino frente a la casa de mis abuelos, en la finca. Mamá se columpiaba bajo un árbol de mamoncillo. Para construir el columpio había atado los satinados cordones de sus batas de baño a la rama más gruesa, y con un extremo había

matter of seconds.

A profound desolation invaded me and I tried to escape from the dream. I rubbed my eyes, jumped up and down, pinched myself and yelled: "This is a dream! This is only a dream! I want out!" But my efforts to wake up were in vain.

Aunt Jimena was waiting for me with tears in her eyes. "She must have seen everything," I thought, as I walked toward her with my head down, without looking back to where my father had joined the dirt road.

My aunt greeted me warmly, and when I tried to surround her waist with my arms, the barrier of her belly bounced me back a little. Up close, I could hear very clearly as her guts played sustained notes on tiny trumpets. She was all music and song, even when she cried.

"Papá has turned to dust, Aunt Jimena," I said mournfully, sinking my nose in the valley of her navel.

"I saw that. But don't worry. Pretty soon it will rain and he will get up from there as if nothing ever happened."

"Do you think so?" A feeling of hope cheered me.

"Then, why are you crying?"

"Oh! It's a habit. I keep forgetting there's no reason to cry anymore."

Not understanding what she meant, I just stared at her, expecting some clarification that never came. I assumed that she had finally realized she was dead and that was the reason she cried.

"Claudio wanted to make me eat a booger," I said to distract her.

"What are you saying, child?"

"He wanted me to eat one."

"One what?"

"Booger."

"Filthy little creep! He's back to his old tricks! Wait until I get my hands..."

"On a booger?"

"No, my angel. I'm going to grab him by the neck. He has to learn someday. He can't continue with the same obsessions here. Don't tell your mother, she would be disgusted."

"I won't tell her. But do you think I should tell her that Papá became dust?"

"I don't see why not. She will have to find out sooner or later."

Letting go of Aunt Jimena's waist, I ran to look for my mother or anyone else to dream of.

I slowed down by the jasmine bushes near the window. I liked to listen to my grandparents talking in Aunt Jimena's spare bedroom at naptime. They always farted, laughed, and said very funny things. But that's when I finally woke up, I think.

A bright light was coming through the window, and suddenly I was inside my adult life's bedroom, in my bed, looking through my own window. I didn't feel like leaving the delicious warmth of the sheets to draw the curtains, and within seconds sleep seized me again, and I fell back in the web of my dream.

Peering through the fog, I could see that I was no longer at Aunt Jimena's townhouse, but in front of my grandparents' farmhouse instead. Mamá was swing-

enlazado un enorme aro de bordar, en el cual estaba sentada. Bonita y juvenil, mi madre aparentaba la más completa despreocupación. "¡Claro!" Pensé, "como que estoy en un sueño!" Y es que nunca había visto a mi madre hacer nada juguetón como columpiarse, o rebotar una pelota, o saltar la cuerda. Me senté sobre un tronco caído a observarla con asombro.

A merced de la brisa, su cabello negro y brillante le flagelaba el rostro, y no le importaba que sus faldas se le alzaran hasta la cintura al columpiarse. Me alarmé ante aquella desacostumbrada falta de pudor. ¡Y llevaba pantaloncitos rosados! Yo siempre había pensado que no tenía más que pantaloncitos blancos.

Mamá se impulsaba cada vez con más fuerza en el improvisado columpio, y me asustaba verla. Temí que el frágil aro se quebrara, o que los cordones se desataran ¡el satín es tan resbaloso!

Cerré los ojos en espera del desastre, y entonces recordé el montículo de tierra en que se había convertido mi padre. "¡Pero que tontería!" pensé entonces. "Si los dos están muertos de todas maneras. Ya nada malo les puede suceder. Si él puede levantarse del polvo también podrá ella."

Al abrir los ojos, pude ver como mamá se soltaba del columpio en su punto más alto y se dejaba caer como una flor en el viento, con sus faldas de paracaídas. Rebotó con elegancia antes de echar a correr a grandes saltos, como una gacela. De un salto brincó una cerca, y se dejó llevar por la brisa perdiéndose en un horizonte de cañaverales floridos.

-Me dejó -me dije-. Ahora debo soñar por mi cuenta.

Por un lado, un campo de yerba fina se extendía frente al caserón de mis abuelos. Sólo unos pocos árboles y una familia de gansos interrumpían su uniformidad. Una nube de vapor se dispersaba desde montones de estiércol fresco. Las vacas de abuelo habían cavado negros pozuelos con sus pezuñas en su recorrido matutino por trillos mojados. Aún se divisaban alrededor del bebedero los lomos rojizos y lustrosos que parecían flotar sobre una bruma baja.

Me detuve a contemplar una pequeña planta de dormidera, tan diminuta que parecía recién retoñada. La toqué levemente y todas sus hojitas se cerraron tan fuertemente que casi desaparecieron. Otras dormideras vecinas también se plegaron para evitar mi contacto.

Caminé hacia la espesura con los zapatos de lona hinchados de rocío, y mientras más me alejaba de la casa, más tupido se hacía el monte, y más espesa la maleza.

Una pareja de sinsontes voló en círculos varias veces sobre mi cabeza, protestando mi presencia, y me envolvió una nube de mariposas blancas cuyas alas me hacían cosquillas en el rostro. Todos tomaban parte de un festín de cundeamores abiertos que con el peso de su enredadera habían derribado un pedazo la cerca. Como yo interrumpía la paz de su libar, algunas abejas furibundas me persiguieron también.

La maleza flagelaba mis piernas al correr, y sentía la trayectoria de un hilo de sangre que se deslizaba rodilla abajo. Corrí hasta un pequeño claro demarcado por un círculo de árboles. Por encima del tamborileo de mi corazón y el zumbar de las abejas me pareció oír voces. Enseguida las abejas abandonaron la persecución,

ing under the *mamoncillo* tree. To make the swing, she had tied the satiny cords of her bathrobes to the thickest branch, and with the other end she had looped a large embroidery hoop, where she perched herself gracefully. Pretty and youthful, my mother looked as if nothing could worry her. "Of course," I thought, "I'm dreaming." I had never seen my mother do anything playful or childish like swinging, or jumping rope. And in amazement, I sat on a fallen tree trunk to watch her.

At the mercy of the breeze, her shiny black hair whipped her face, and when she swung forward, her skirt rose all the way up to her waist and she did not seem to mind. My amazement turned to alarm before such unusual lack of modesty on her part. And she was wearing pink panties! I had always thought that my mother's panties could only be white.

Mamá kept swinging higher and higher in her improvised swing, and I became very frightened. The fragile hoop could snap, or the knots on the cords could come undone. Satin is so slippery!

I closed my eyes, expecting to hear the fall. Then I remembered the little pile of dust that my father had become. "How silly of me!" I thought. "Both are dead anyway. Nothing can happen to them now. If he can return from the dust, so can she."

As I opened my eyes, my mother let go of the swing at its highest point, slipped through the hoop, and fell slowly, like a flower in the wind, her skirt opening like a parachute. She bounced elegantly several times and then began to run and leap with the grace of a gazelle. Clearing a fence in one single bound, she let the breeze carry her away, and soon was lost in a horizon of sugar cane fields in flower.

"She left me," I said to myself. "Now I must dream on my own."

A field of fine grass spread in the distance around my grandparent's house. Only a few trees and a family of geese interrupted its uniformity. On the dirt trail, a strong odor rose from fresh manure and small wells dug by the hooves of my grandfather's dairy cows during their morning march to the pasture. The gentle animals gathered in the distance by the water basin, where their reddish-brown backs seemed to float over a low morning fog.

I stopped to observe a small *dormidera* plant, so diminutive and tender that it seemed to have sprouted into life overnight. I touched it briefly and all of its tiny leaves stuck together, and the plant almost vanished. Neighboring *dormideras* also clasped their leaves to avoid my touch.

I wandered away from the house, my canvas shoes heavy with dew. The further I went the thicker and the more tangled the bushes became.

A pair of mockingbirds circled above me, chirping and protesting my intrusion. Clouds of white butterflies swarmed me, tickling my face with their wings. Hundreds of creatures had been sharing an abundance of open *cundeamores* that had brought a fence down with the weight of their vine. I had interrupted their peaceful libation, and a few angry bees chased me away.

As I ran, my legs were whipped by thorny weeds, and I felt trickles of blood slipping down my knees. I came to a clearing in the woods surrounded by a circle of trees. Over the pounding of my heart and the buzzing of the bees, I thought I

busqué el orígen del susurro, y pude distinguir algunas frases.

-¡Quédate! -dijo un árbol- ¡Debes saber lo que nos pasó!

-¿Ustedes también están muertos? -Dije, con un temblor en la voz.

-Si es ésto lo que llaman estar muerto.

-¿Algún incendio?

-No. Mucho peor -El árbol a mis espaldas respondió, sobresaltándome.

-¿Un ciclón tal vez?

-No, tampoco. Peor aún.

-¿Qué puede haber sido, entonces?

-Un día muy caluroso llegó un batallón de hombres uniformados que nos arrancó desde las raíces, -dijo un árbol de tronco grueso con un vozarrón que retumbaba bajo mis plantas.

-¡Ay! ¿Pero por qué?

-Dijeron que necesitaban esta tierra para sembrar café. ¡Ja! ¡Como si no hubiera habido otra tierra buena para café por aquí!

-¡Pero si abuelo los quiere tanto! ¿Cómo pudo dejar que los cortaran?

-Cuando eso, estas tierras no eran ya de tu abuelo. Ya habían venido las tropas para quedarse con todo, y tus abuelos se fueron a terminar sus días en la ciudad al no poder defendernos. Los malparidos arrasaron con los frutales y sembrados. Solamente dejaron a la ceiba en pié. Pero luego hasta ella murió de soledad.

-¿Por qué dejaron vivir a la ceiba y no a ustedes?

-Por miedo a los espíritus -dijo un árbol muy frondoso con enormes raíces esparcidas a su alrededor-. Por mucho que el manda más les ordenara a los peones que cortaran la ceiba, ninguno se atrevió.

-¿Cómo así?

-No se daban cuenta de que los espíritus del monte viven en todos nosotros. Creían que solamente la ceiba era un árbol mágico.

-¿Saben ustedes hacer trucos?

-¿Trucos?

-Sí, trucos mágicos, quiero decir. ¿No se trata de eso la magia?

-¡Que niñería! -Dijo un árbol de aguacate-. ¿No te parece suficiente magia el que salgamos de la tierra misma, con estos fuertes troncos, y estas ramas frondosas, y que demos frutos, y flores, y que cobijemos a tantos animales y pájaros?

-Ya caigo, ya. No quise ofender- dije, retrocediendo un poco.

-Claro que no. Pero tendrás que ir aprendiendo un montón de cosas. ¿Trucos? ¡Ja-ja!

-¿Pero qué les pasó a los hombres que los cortaron? ¿Los castigaron?

-No, pero ya ninguno de ellos podrá ser feliz nunca.

Trataba de comprender lo que me decían los árboles, cuando me sorprendió una fina llovizna. El sol aún relucía, pero más allá del círculo de árboles se congregaba un grupo de nubes grises, irritadas.

Recordé entonces lo que me había dicho tía Jimena en el sueño anterior, y quise volver al pueblo a ver a mi padre levantarse de la calle con la lluvia.

-Anda con cuidado, que ahorita empiezan los truenos -dijo un árbol muy

heard men's voices. The bees immediately abandoned the chase, and I searched for the source of the low hum until a few phrases became clear.

"Stay!" One of the trees said. "You must hear what happened to us!"

"Are you dead too?" I asked, with a tremor in my voice.

"If this is what you call being dead."

"Were you burned by a fire?"

"No. Much worse than that," the tree behind me answered, startling me.

"Maybe a hurricane?"

"Worse still."

"What was it, then?"

"One very hot day a troop of men in uniform came and sawed us off from the roots," said a short, wide tree, speaking in a booming voice that vibrated under my feet.

"Ouch! Why?"

"They said they needed this land to plant coffee. Ha! As if there weren't any other good places to plant coffee around here!"

"But Grandpa loves you all so much! How could he allow them to cut you down?"

"At that time, the land didn't belong to your grandpa anymore. The troops had already been to the house and taken everything. That's when the old folks went to die in the city, because they could no longer defend us. The men razed the orchards with giant axes and saws. All of us came crashing down, except the *ceiba* tree. But later, even she died of loneliness."

"Why did they let the *ceiba* live and not you?"

"They were afraid of the spirits," said a bushy tree with white roots spread out all around it. "The commander gave the order to cut her, but none of the men dared."

"How come?"

"They didn't realize that the spirits of the forest live among all of us. They thought only the *ceiba* had magic powers."

"Can you do tricks?"

"Tricks?"

"Magic tricks, I mean. Isn't that what magic is all about?"

"Don't be silly!" Exclaimed an avocado tree. "Don't you think it's magic enough that we come out of the earth, with these strong trunks and branches, that we produce fruit, and flowers, and that we shelter so many animals and birds?"

"Sorry. I didn't mean to offend you," I said, taking a few steps back.

"Of course not. It's just that you still have much to learn. Tricks! Ha-ha!"

"What happened to the men who cut you down? Didn't they get punished?"

"No. But none of them will ever be happy either."

As I tried to understand what the trees were saying, a fine drizzle startled me. The sun was still shining, but beyond the circle of trees, a group of irritated clouds were beginning to clump together and grumble.

I suddenly remembered what Aunt Jimena had said in my previous dream, and I wished to be in town to see my father rise from the street with the down-

alto cubierto de curujey que me recordó a mi abuelo en la forma de hablar-. Viene una ventolera de arranca-pescuezo. Corre a casa.

Corrí esquivando maleza y raíces mientras pensaba en mi padre. Surgiría de la calle negro de mugre ¡con lo limpio que era papá! Se mortificaría mucho y se bañaría y se cambiaría de ropa. Necesitaría una guayabera de hilo limpia. ¿Y el pelo? Se lo amoldaría con una olorosa loción de manzanilla.

Jadeando, entré al caserón de mis abuelos en busca de ropa para mi padre, pero lo encontré todo desolado. Abuela había dejado un cocido en el fogón y ya olía a quemado. ¡Y abuela nunca había quemado la comida en su vida!

-¡Se han ido todos a ver a papá levantarse del lodo frente a tía Jimena y me han dejado! -Apagué la hornilla-. ¡Ni siquiera Abelarda pudo esperarme!

Me invadió una profunda congoja y quise despertar, pero ni aún dándoles la cara a los relámpagos y truenos pude lograrlo.

Por la ventana de la cocina vi cuando el potro cobrizo de papá saltó la verja de entrada y se acercó a todo galope. Fui a su encuentro.

El caballo entró hasta el portal y me ofreció su amplio lomo ya ensillado. Al montar, sentí que mis piernas se alargaban de pronto, y pude alcanzar hasta los estribos. Al dar la señal de carrera tendida noté que mi voz también había cambiado a un tono más maduro. Pero no había tiempo para desmadejar el misterio. El potro reconoció mi prisa y disparó a correr, saltando por encima de la valla sin aparente esfuerzo. Su crin destellaba con los últimos rayos de sol que quedaban por ocultarse tras la oscura cortina de nubes.

Recordé el día en que el animal se desplomó, alcanzado por una bala envenenada por la envidia. mi padre había querido quedarse solo al lado de su cobrizo muerto un rato antes de enterrarlo, y al ver que le querían impedir enfrentarse a su dolor a su manera, amenazó a todos con su machete, haciéndolos huir. Estaba como enajenado y todos terminaron por dejarlo en paz.

Con el tiempo la furia de mi padre tomó diferentes formas, todos los días una nueva. A veces estaba mudo, dibujando caballos fantasmales rodeados de centellas hasta llenar varios cuadernos, otras veces maldecía cuanto lo rodeaba, el gobierno, y hasta a Dios. Otras veces parecía que había vuelto a la normalidad. Pero un día, calladamente, mi padre empezó a pensar en la venganza. Al no encontrar el valor con qué llevarla a cabo, se convirtió en una obsesión que lo enfermó de gravedad.

Permaneció en cama delirando varias semanas, y una noche de grillos y ranas libidinosas, en medio de un sueño agitado y febril papá nos dejó. Tal vez deseaba unirse a su cobrizo y convertirse en centauro por toda la eternidad. Con toda la tristeza de su ausencia, papá también nos dejó los primeros días de tranquilidad tras la muerte del caballo.

Junto con la tormenta se nos echaba la noche encima y aún quedaba camino antes de llegar al pueblo. Las nubes, temblorosas de furia estaban por alcanzarnos y temí que la tempestad se me adelantara al pueblo y tener que perderme el retorno de papá. Deseaba verlo surgir de la tierra para aprender como hacerlo el día en que me tocara a mí desmoronarme de aquella manera.

El eco de los cascos del cobrizo sobre las piedras de la calle anunció nuestra

pour.

"Be careful! A great deal of thunder is brewing!" Shouted a tall tree covered with moss. His voice sounded like that of my grandfather. "The storm is approaching at a neck-breaking pace. You better go home now."

I dodged shrubs and roots as I ran, thinking only of my father. Soon he would get up from the road covered with dirt. And Papá was so clean! He would be mortified and immediately want to shower, and change his clothes. He would need a freshly-pressed linen *guayabera* And what about his hair? He would need to smooth it with a lotion made of chamomile leaves.

Catching my breath, I entered my grandparents' house to look for my father's clothes, but I found the place deserted. Grandma had left a stew on the range and it smelled burned. Grandma had never burned food in her whole life!

"They all left to see Papá get up from the mud by Aunt Jimena's and left me behind!" I turned off the burner. "Not even Abelarda could wait for me!"

I was overtaken by sadness and wanted desperately to wake up. But not even facing the lightening and the deafening thunder could I snap out of the dream.

Through the kitchen window I saw my father's auburn horse jump over the fence and gallop toward the house. I went outside to meet him.

Coming up to the porch the horse offered his saddled back. As I mounted him, I felt as if my legs had grown longer to reach the stirrups just as I gave him the order to run. My voice, too, had changed to a deeper, more mature tone. But there was no time to ponder the mystery. The horse sensed my urgency, and cleared the gate seemingly without effort. His mane glistened with the last of the sun light still peaking through a dark curtain of clouds.

I remembered the day the horse fell, struck by a distant bullet poisoned with envy. My father had wanted to stay alone with the dead animal before its burial. But people got in the way of his pain, wanting to comfort him. He threatened everybody with his machete, and made them all run for cover. He was beside himself and there was no other choice but to leave him alone.

In time, my father's fury took different forms, a new one every day. Sometimes he remained mute, drawing ghostly horses surrounded by lightening bolts until he filled many sheets of paper. Other times he cursed everyone around him, the government, and even God, and yet other times he pretended that everything had gone back to normal again. But one day he began to plot a fitting revenge that he couldn't carry through. The idea eventually became a driving obsession that made him seriously ill.

He remained in bed, delirious, for several weeks, surrounded by an ongoing circle of prayer. During a night of libidinous crickets and frogs, my father, in a feverish, agitated sleep, left us. Perhaps he sought to join his auburn horse and become a centaur for all eternity. But as tragic as his parting was, it brought peace to our home for the first time since the horse's death.

Together with the storm, night also chased us, and we still had a long way to go before we entered the town. Clouds trembling with rage were about to overtake us in their darkness. Yet I only feared that the storm would arrive in town before us, and I would miss Papá's return. I had to see him emerge from the

llegada y todos salieron a recibirnos. Mis abuelos, mis tíos, algunos primos, y mis padres me rodearon y me hicieron bajar del caballo para abrazarme. ¡mi padre había regresado ya! ¡Y el suelo estaba aún seco!

Asumiendo que el júbilo general se debía a que mi padre había resurgido del polvo, lo felicité a pesar de mi desilusión por perderme el evento.

Estaba en medio de la calle, dándole palmaditas en el cuello a su caballo. Me sorprendió lo limpia que estaba su ropa.

-¿Cómo has podido levantarte de la tierra, si aún no ha llegado la lluvia?- -le pregunté.

Me miró sonriendo, pero sin responder.

Las manos que me agarraban por los brazos no querían soltarme, y me llevaron camino a la casa. Con tanta atención puesta en mí, por fin caí en cuenta de que no era el regreso de mi padre la razón del bullicio. La razón era yo.

-¿Qué les ha picado a todos? -pregunté.

-¿Es que no te has dado cuenta? -dijo mi madre, apretándome contra ella.

-¿Cuenta de qué, mamá?

-De que has llegado, pues ¿de qué va a ser?

-Pero...

Mi padre, joven y lozano como en sus mejores tiempos, me tomó por los hombros y me miró a los ojos. -Es que has llegado para quedarte.

-¿Para quedarme?

Ya era yo demasiado grande para cabalgar sobre sus hombros. Me rodeó con su brazo y me llevó hasta la sala. Todos me rodearon de calor familiar, ¡y eran muchísimos!

Abelarda irrumpió desde la cocina y se abalanzó sobre mí. Me rodeó con sus fuertes brazos para besarme a pesar de que aún no se había limpiado la boca después de haber estado chupando mangos muy maduros.

El clamor era ensordecedor. Los perros ladraban, los gallos cantaban, todos los presentes me hablaban a la vez, y algunos hasta gritaban mi nombre cogiéndome por los hombros, exigiendo mi atención. Pero ya ni eso me despertó.

ground so I could learn how to do the same when my turn came to crumble like he did.

The gallop of the horse echoed over the cobble stones, announcing our arrival, and everyone began to pour out to greet us. My grandparents, aunts, uncles, many cousins, and my parents surrounded me and pulled me off the horse to embrace me. My father had returned! And the ground was still dry as a bone!

Assuming that the rejoicing was because of my father's re-emergence from dust, I congratulated him, though I felt disappointed for having missed the rainless event. He was standing in the middle of the street, petting the neck of his horse, and I was surprised of how clean his clothes seemed.

"How could you get up from the road, without the rain?" I asked.

But he simply smiled, without giving me an answer.

The hands that grabbed my arms would not let go, taking me away from my father and into the house. With so much attention focused on me, I finally began to realize that the reason for all the cheer wasn't my father's return. I was the real reason.

"What's the matter with all of you?" I asked.

"Haven't you figured it out?" My mother asked, pulling me toward her.

"Figured out what, Mamá?"

"That you have arrived, of course, what else?"

"But. . ."

My father, looking as young and healthy as he did during his best years, took me by the shoulders and looked into my eyes.

"You have come to stay," he said.

"To stay?"

I was too large to be carried over his shoulders now, so he put his arm around me, and we walked side by side into the living room. My relatives surrounded me with their warmth, and they were so many!

Abelarda suddenly emerged from the kitchen and rushed toward me. She took me in her powerful arms and kissed me, though she hadn't yet wiped her mouth after having sucked on very ripe mangoes.

The joy was deafening. The dogs barked, the roosters crowed, everybody spoke to me at the same time, and some even yelled my name, grabbing me by the shoulders, demanding my attention. But not even that woke me up.

Iluminada

Iluminada

Los primeros días de agosto arrastraban consigo el vaho gris de los veranos de Washington, D.C. Las distantes sirenas de los bomberos hacían recordar la aún más calurosa parte de la ciudad donde los viejos cables eléctricos sucumbían a la demanda de motores de aire acondicionado y ventiladores, provocando frecuentes incendios.

Al norte de la ciudad, suburbios exclusivos mantenían el verano a distancia, lejos de sus refrigeradas paredes y altos cielos rasos. Y es en uno de estos vecindarios, en una mansión al final de una calle sin salida, donde comienza nuestro relato.

La opulenta casona en cuestión parecía una gran tarta de cumpleaños que se horneaba sobre una colina. Y la dueña de la gran tarte era la pobre, solitaria y triste Señora Bendix.

Abogados, diplomáticos, y ejecutivos que habitaban otras mansiones del vecindario estaban de vacaciones o habían enviado a sus familias a veranear y así disfrutar de su libertad y sus queridas en otra parte de la ciudad. Las calles estaban desiertas, sin movimientos de ardillas ni pájaros demasiado acalorados para sus actividades usuales.

Los hijos de la Sra. Bendix ya no eran niños, y se habían ido a vivir lejos de la capital. Por eso en medio de una agobiante soledad, la Señora Bendix no tenía deseos siquiera de empaquetar para irse a su chalet de Puerto Vallarta.

El Señor Bendix, un famoso abogado, la había dejado por su joven secretaria hacía sólo un año, y la Sra. Bendix apenas existía durante aquellos días infernales tumbada al lado de la piscina. Se sentía fallida como mujer, y pasaba horas en el teléfono hablando con Margot, su única confidente y amiga.

Ajena al funcionamiento de su casa, se lo dejaba todo a su fiel asistenta, Iluminada de Gracia. Esta simple mujer, nacida para servir, es el personaje central de nuestro relato, como pronto se verá.

El ir y venir de su asistenta dentro de la casa le traía cierto consuelo a la Sra. Bendix. El motor de la aspiradora, los escobazos, el tintineo de las cazuelas y los cubiertos, y un cantarcillo tenue y lastimero le servían de compañía.

Un tedioso lunes de mañana, mientras la Sra. Bendix recibía a su masajista chino, Iluminada se preparaba para limpiar la casa de arriba a abajo como siempre hacía al comienzo de cada semana.

Empezó en el ático por pura costumbre, a sabiendas de que todo estaba tan limpio como lo había dejado la semana anterior. Se cubrió el cabello con una pañoleta, y se entregó a la tarea de desempolvar reliquias, candelabros y biombos, cajas de sombreros y valijas de cuero. Cada superficie y a cada rincón le eran tan

The first few days of August brought a thick blanket of smog into Washington, D.C. The distant fire truck sirens wailed as a reminder of a yet hotter city nearby. Aging wiring gave out to the demand generated by cooling systems and fans at full power, and row houses could go up in flames at any time.

North of the city, exclusive suburbs managed to keep the summer at a distance, away from refrigerated walls and cathedral ceilings. It is in one of those ritzy neighborhoods, in a mansion high above a dogwood-lined dead-end street, that our story begins.

The opulent home in question resembled a great birthday cake on a landscaped hill. And the great cake belonged to one woman. Rich, sad, lonely Mrs. Bendix.

Lawyers, diplomats, and executives who owned mansions on the same street were either on vacation or had sent their families away for the summer. Now they enjoyed their freedom and mistresses somewhere else in town. The streets were deserted, still, devoid of squirrels or birds too overheated for their usual activities.

The Bendix children were no longer children and had gone to live away from the capital. Thus, Mrs. Bendix couldn't even muster the energy to pack and spend some time in her chalet in Puerto Vallarta, so burdened was she with intense feelings of abandonment.

Mr. Bendix, a famous lawyer, had unexpectedly left her for a young secretary the previous year. Since then, the dejected Mrs. Bendix simply existed, watching the hours pass as she lay by the swimming pool. Believing she had failed as a woman, she spoke on the phone with Margot, her only true friend and confidant.

Oblivious to the functioning of her house, she left the run of it all to her loyal housekeeper, Iluminada de Gracia. And this simple woman born to serve is the true center of our tale, as it will become very clear.

The comings and goings of the housekeeper gave Mrs. Bendix some comfort. The hum of the vacuum cleaner, the sweeping echoing in the hallway, the clinking of pots and pans, and the melancholic sing-song of Iluminada kept her company.

On a steamy Monday morning, while Mrs. Bendix received her Chinese massage therapist, Iluminada prepared to clean the house from top to bottom, as she did at the start of each week.

As always, she began with the attic, knowing fully well that she would find it as clean as she had left it the previous week. She covered her hair with a bandana, and threw herself into her work. She dusted heirlooms, chests, hat boxes, leather

familiares que podía desempolvar en forma mecánica, canturreando para hacerse compañía.

Lo último que limpió en el ático aquél día fue el pequeño tragaluz. Escupió sobre el cristal y frotó con un paño. Al terminar, se volvió para echarle un último vistazo a todo. Y en ese preciso momento comenzó su zozobra.

-¡Iluminada! -Llamó una melodiosa voz masculina.

La mujer se volvió sorprendida en dirección a la voz, pero no vio nada. El corazón le latía fuertemente y se le desorbitaron los ojos. Tragó en seco, e hizo grandes esfuerzos por calmarase.

-¡Bobadas mías! -Dijo, sacudiendo la cabeza. Trató de cantar, pero se había quedado sin aire y su voz no era más que un hilito.

-¡Iluminada! -Volvió a llamar la voz.

Con las manos sobre las caderas, la doméstica se dió una vuelta en redondo, ésta vez lista para defenderse. Pero tampoco vio a nadie.

-¿Qué clase de broma es ésta?

-No.- dijo la misteriosa voz- No es una broma. Es una bendición

-¿Quién es usted? ¿Por qué me llama?

-Soy tu Santo Maestro, Iluminada. He venido a hablarte.

-Jesús, María, y José, -se persignó la mujer, temblando de miedo-. Yo no tengo ningún maestro ni lo he tenido jamás.

-Por eso he venido.

-¿Y qué quiere de mí?- preguntó, con las rodillas flojas, sentándose sobre un baúl.

-No te asustes. Nadie te puede hacer daño. Créeme.

La voz era casi musical, e Iluminada se sintió extrañamente invadida por una oleada de calma.

-Bueno -jadeó-. Dígame que se le ofrece antes de que me entren los trembleques otra vez. ¡Y déjese ver!

-Me estoy dejando ver, pero no puedes verme.

-¿Por qué no?

-Aún no estás lista. Pero no hay tiempo que perder. El mundo necesita de tu ayuda.

-¿Mi ayuda? ¿El mundo, dice usted? ¡Ay señor maestro, por favor! Perdóneme pues, pero se ha equivocado de persona. Yo no soy más que una pobre mujer bruta, que apenas sabe escribir su propio nombre. La única persona que me necesita en este mundo es la señora.

-No, Iluminada. Tu eres la persona a quien busco. Has sido escogida para una santa labor.

-¡Qué va! Mire, la labor más santa que yo desempeño es la de escucharle a la señora sus lloreras. Lo demás son quehaceres diarios sin importancia.

-Eres una persona excepcional.

-¿Qué clase de persona dice usted que soy?

-Excepcional.

-Disculpe, pero usted va a tener que buscarse a otra persona de ésas. Ande y pruebe con la señora. Ella es bien lista.

suitcases and trunks. Each surface and every corner were so familiar to her that she could dust mechanically, while singing softly to keep herself company.

The last thing she cleaned in the attic that day was the skylight glass. She spat on it and wiped it carefully, and then turned around to be sure she hadn't missed one single detail. At that precise moment, her worries began.

"Iluminada!" called a melodious male voice.

Startled, the woman turned toward the sound of the voice, but saw nothing. Her heart pounded in her chest, and her eyes widened. But she swallowed hard, and tried to calm down.

"Silly me!" She shook her head. She even tried to go back to her singing, but her voice was no more than a whisper.

"Iluminada!" The voice called again.

With her hands on her hips, the housekeeper turned around once more, ready to fight this time, if necessary. But again, she saw no one.

"Is this some sort of joke?"

"No," said the mysterious voice. "This is not a joke. This is a blessing."

"Who are you? Why are you calling me?"

"This is your teacher and Holy Master, Iluminada. I have come to speak to you."

"Jesus, Mary, and Joseph," she made the sign of the cross with a trembling hand. "I don't have a teacher. Never had one."

"That's why I'm here."

"What do you want from me?" Her knees buckling, she sat on a wooden chest, catching her breath.

"Don't be afraid. Nobody can harm you. Trust me."

The voice was almost musical, and Iluminada was strangely invaded by a wave of calm.

"All right," she sighed. "Tell me what it is you want before I start with the shakes again. And show yourself!"

"I am showing myself, but you can't see me yet."

"Why not?"

"You are not quite ready. But you must listen. The world needs your help."

"My help? The world, you said? Oh no, teacher, please! Forgive me, but I think you've got the wrong person. I'm nothing but a poor, dumb woman who hardly knows how to write her own name. The only person who needs me in this whole world is my *señora*."

"No, Iluminada. You are the person I'm looking for. You have been chosen for a holy mission."

"No way! Look, the holiest thing I've ever done is to listen to the *señora* for hours during her crying fits. The rest is nothing but chores."

"You are an exceptional being."

"What kind of being did you say I was?"

"Exceptional."

"I'm sorry, but you're going to have to keep looking for one of those. Maybe you should try the *señora*. She's really smart."

-Es a tí a quien busco.

-Todo eso suena como demasiada responsabilidad. -fue deslizándose hasta el borde del baúl, se levantó de repente, e hizo una pequeña reverencia-. Con su permiso yo me largo.

Iluminada echó a correr escaleras abajo, hasta encerrarse en su habitación. Su corazón latía a gran velocidad y le faltaba el aire.

-¡Ay Diosito! No dejes que me vuelva loca.

Se encaminó a la cómoda y abrió un cajón. Unas gotas de valeriana la calmarían. Solamente unas gotitas en un vaso de agua, revolver, y listo. Puso el vaso vacío sobre la cómoda y se miró en el espejo. Su cabello, que había sido negro y brillante, ya le encanecía las sienes, haciendo contraste con su rostro avellanado y tan cruzado de líneas como un mapa fluvial. Sus pechos, que habían dado de mamar a más de una docena de niños, tanto suyos como ajenos, se descolgaban ya, como calcetines puestos a secar. Sus huesudos brazos terminaban en manos callosas, pobladas de abultadas venas azules.

-Me he puesto muy flaca. Estoy muy gastada -se pellizcó las enjutas mejillas. Necesito descanso, eso es todo. No puedo asustarme por una voz. Lo que debo hacer es descansar, que ya la señora no nota ni la mugre. Pobrecita.

Por la ventana pudo observar a la Sra. Bendix en su postura habitual al lado de la piscina, bajo una sombrilla, con el teléfono celular pegado a la oreja.

-Ya se fué el chino -dijo, chasqueando la lengua-. Vaya un masajito corto. Pobre señora, todos se aprovechan de ella. Siempre está hablando con esa amigota que tal vez hasta se revuelque de risa después de colgar. La señora necesita a alguien que la distraiga y la mime. No está preparada para incomodidades. Por eso está tan cocinada de la cabeza. ¿Será contagioso eso? -cayó de rodillas-. ¡Ay Diosito, ampárame!

Transcurrieron varios días sin novedad, y ya Iluminada casi se había olvidado de la voz y vuelto a su canturrear diario.

¿Dónde estará mi gavilancito?
Se cree pollito, se cree gallina
Lo crié gavilán
Y se cree gallina...

Iluminada se había hecho el propósito de descansar, y limpiaba sólo un poco por aquí y por allá con mucho desgano. Preparaba ensaladas y sopas de vegetales para la señora, quien vivía obsesionada con mantenerse esbelta a pesar de su depresión. Y ella, por su parte, engullía tortillas con chiles, monumentales emparedados de jamón y queso, bebía leche como una ternera, y se preparaba chuletas de cerdo, pasta, y patatas en aceite de oliva con el fin de engordar un poco.

Ya se iba sintiendo mejor cuando un jueves muy de mañana, al poner la ropa de cama sucia en la lavadora, se percató de un susurro a sus espaldas. Sobresaltada, se dio la vuelta. Al no ver nada volvió nerviosa a su tarea, aguzando el oído en espera de la inquietante voz, que por muy agradable que fuera, para ella era un

"You are the one."

"That all sounds like too much responsibility," she slid slowly to the edge of the chest and suddenly got up, curtsying. "With your permission, I'm off."

Iluminada ran down the stairs and locked herself in her bedroom. Her heart felt like a jackhammer as she gasped for air.

"Oh dear Lord! Don't let me go crazy!"

She reached for her dresser and opened a drawer. *Valeriana* tincture would calm her down. A few drops in a small glass of water, shake it a little. There. She put the empty glass down and looked at herself in the mirror. Her hair, once shiny and black, was now dull and gray around her temples, contrasting with the olive skin tone of her face, where lines crossed each other like the streams and rivers of a fluvial map. Her breasts, which had nursed over a dozen children, only a few of them her own, hung like socks drying on the line. Her arms, strong and bony, ended in callused hands, crossed by swollen blue veins.

"I've gotten too skinny. I'm worn out," she pinched the skin on her bony cheeks with still shaky hands. "I need rest, that's all. I cannot be frightened by a voice. I don't have to knock myself out cleaning. The *señora* doesn't even notice the dirt, the poor thing."

From the window she peered down at Mrs. Bendix, in her habitual posture by the pool, under an umbrella, with her cellular phone attached to her ear.

"The *chino* left," she said, tsking. "That was a short massage. Poor *señora*. Everyone rips her off. She's always talking to that woman, who probably laughs herself silly as soon as she hangs up. The *señora* needs someone who can distract her and spoil her. She's not prepared for hardships. That's why she's losing her head. But... What if it's contagious?" She fell to her knees. "Oh, dear Lord, have mercy on me!"

Several uneventful days went by. Iluminada, almost forgetting all about the voice, returned to her usual chanting.

Where's my little hawk?
He thinks he's a chicken, he thinks he's a hen.
I raised my little hawk
and he thinks he's a hen.

Iluminada had decided that she would save her energy and rest. She only dusted a bit here and there without urgency. She prepared salads and vegetable soups for Mrs. Bendix, who was obsessed with her figure in spite of her depression. For herself, Iluminada made *tortillas* with *chiles*, and monumental ham and cheese sandwiches. She drank milk like a calf, and ate fried pork chops, pasta, and potatoes in olive oil, hoping to gain a few pounds.

She was feeling much stronger when one Thursday, very early in the morning, as she loaded the washer with linens she became aware of a whisper behind her. Startled, she turned around, but saw nothing. She returned to her task, with her ear on alert, waiting, almost expecting the unnerving voice. It didn't matter how pleasant it sounded. To her, it meant her mind was slipping its gears.

anuncio inequívoco de la locura.

-¡Iluminada!

-¡Ay, no! ¡Otra vez no! -Gritó la mujer, dejando caer la cubierta de la lavadora con estrépito.

-¡Espera, Iluminada! ¡No huyas! ¡Déjame explicarte!

Pero ya Iluminada había salido por la puerta de la cocina hacia el patio.

-¿Qué te pasa? -preguntó la Sra. Bendix al verla aparecer presa de gran agitación.

La asistenta se sentó bajo la sombrilla y se bebió el resto de la botella de agua mineral de la Sra. Bendix. Ésta se alarmó ante tal comportamiento por parte de la más respetuosa asistenta doméstica que había conocido en su vida.

-*What's wrong?* -inquirió sobresaltada, olvidando de repente su castellano casi perfecto y que a diario practicaba con su asistenta.

-¿Qué dice la señora, pues? -preguntó Iluminada, con el aliento entrecortado.

-¿Qué tienes, por qué tiemblas?

-¡Ay Señora! ¡Usted mejor que ni se entere, que ya tiene bastante con lo suyo!

-Me tienes que decir para poderte ayudar, -dijo la Sra. Bendix con inusitada calma, acercándose a la angustiada mujer, y tomándole la mano.

-Es que oigo una voz.

-¿Una voz? -La Señora Bendix, alarmada, se preparó para levantarse-. ¿Se ha metido alguien en la casa?

-No, no Señora.

-Entonces, ¿la voz de quién?

-¿Y yo que sé, Señora? No veo a nadie.

-¿Estás segura de que no es un ladrón? Mejor llamo a la policía.

-No, señora, no es necesario.

-¿Es una voz de hombre o de mujer?

-¿Y qué más da? Es una voz sin cuerpo y eso no me gusta nada. Estoy loca de remate.

-¿Hombre o mujer? -insistió la Sra. Bendix con firmeza.

-Un hombre que habla muy melosito.

-Melosito. Hmm. ¿Y qué te dice? ¿Crees que es un loco que se ha metido en la casa?

-No más me llama por mi nombre y me dice cosas. La loca soy yo.

-¿Que cosas te dice?

-Pues cosas. Cosas raras.

-Vamos, Iluminada. ¿Qué cosas raras?

-Pues que si él es mi maestro y que si el mundo me necesita. Me estoy volviendo loca, ¿verdad Señora?

La Sra. Bendix permaneció en silencio por un rato.

Iluminada se encogió de hombros. -No tengo remedio. De aquí al loquero, Señora.

-No te desesperes. Hay remedio para este tipo de problemas. Sabes lo bien que me ha ido el tratamiento. Ya no lloro todo el día, y salgo de la cama antes del mediodía. ¿Te acuerdas de lo malita que estuve? ¿Te acuerdas?

"Iluminada!"

"Oh no! Not again!" She yelled, slamming the washer door.

"Wait, Iluminada! Don't run away! Let me explain!"

But Iluminada had left through the kitchen door and ran out into the patio.

"What's the matter?" Mrs. Bendix was alarmed by her housekeeper's agitation.

Iluminada sat under the umbrella and drank the rest of Mrs. Bendix's bottle of mineral water in one gulp.

Upon seen such an unusual behavior from the best and most respectful housekeeper she had ever known, Mrs. Bendix became truly concerned.

"What's wrong?" She asked, forgetting her almost perfect Spanish, which she continuously practiced on her housekeeper.

"What did the *señora* say?" asked Iluminada, still trying to catch her breath.

"What's the matter with you? Why are you shaking like a leaf?"

"*Ay, señora!* I can't tell you. You already have enough with your own problems!"

"You have to tell me so I can help you," Mrs. Bendix spoke calmly, taking Iluminada's trembling hand in hers.

"I hear a voice."

"A voice?" Mrs. Bendix sat up, alarmed. "Is there an intruder in the house?"

"No, no *señora.*"

"Whose voice is it, then?"

"How would I know, *señora*? I can't see anyone."

"Are you sure it isn't a thief? I'm calling the police!"

"No, *señora*, there's nobody up there."

"Is it a man or a woman?"

"What's the difference? It's a voice without a body and I don't like it one bit. I'm losing my mind."

"A man or a woman?" Mrs. Bendix insisted.

"A man. A sweet-talking man."

"Sweet-talking, huh? What does he say? Is he a madman?"

"He just calls my name and says things. I am the mad one."

"What things does he say?"

"Things. Strange things."

"C'mon, Iluminada! What strange things?"

"That he's my teacher, that the world needs me. Am I going crazy, *señora*?"

Mrs. Bendix remained quiet for a moment.

Ilumindada shrugged her shoulders. "There's no remedy, I know it. From here to the nut-house."

"Don't despair. There's a solution for that kind of problem. You know how the right treatment helped me. I don't cry all the time like I used to, and I get out of bed before noon. Don't you remember how sick I was? Remember?"

"Of course I remember. God bless my *señora* for feeling so much better. But what about me? My problem isn't crying fits, like yours. I have hearing fits."

"Same thing," she said, unconvinced. "You're going through an emotional

---

-Claro que me acuerdo, Señora. Dios me la bendiga porque ya está mejor. ¿Pero y yo qué? Lo mío no es de lloreras como lo suyo, sino de escuchaderas.

-La misma cosa, mujer -dijo sin convicción-. Es una crisis emocional. Estás sola y cansada como yo. Desde mañana te das chapuzones en la piscina, y te sientas aquí conmigo a beber limonada, hasta que te repongas. ¿Bien? Mientras tanto voy a hacer algunas llamadas para que te vea un doctor.

-Un loquero, ¿verdad, Señora? Un psicópata.

-No se trata de un psicópata, sino de un psiquiatra o un terapeuta- la Señora Bendix sonrió por primera vez en varios meses.

-Lo que usted diga, Señora.

Iluminada escuchó a la Sra. Bendix hablar por teléfono en inglés por largo rato. Permaneció bajo la sombrilla desfallecida de preocupación, pensando en un futuro infernal, aislada tras los barrotes de un calabozo con las paredes almohadilladas, como había visto en la tele.

Al siguiente día Iluminada se fue a una clínica de higiene mental para latinos. Fue recibida por el Dr. Guzmán, un terapeuta joven pulcramente vestido que la ayudó a llenar unos papeles y la llevó a su pequeña oficina.

-Siéntese por favor, Señora. ¿En qué puedo ayudarla?

-¿No es usted demasiado joven?- preguntó ella, mirándolo de pies a cabeza con desconfianza- pudiera ser mi nieto.

-Le aseguro que está en buenas manos. Por favor, siéntese.

-Bien, haga su trabajo, pues. Y sepa que oigo una voz.

Iluminada se sentó por fin, y el Señor Guzmán le hizo preguntas entrometidas que a ella no le parecieron venir al caso. Pero respondió, relatando lo que pudo recordar sobre su humilde niñez, y de su trabajada juventud en los cafetales de Don Augusto, el padre de su primer hijo. Habló sobre su difunto marido, y las palizas que éste le daba cuando se emborrachaba los viernes. Le habló de sus hijos, dos de los cuales murieron recién nacidos por falta de cuidados médicos. Le contó al Señor Guzmán sobre los matrimonios de sus hijas, de sus dos nietecitos en California, y de como emigró a los Estados Unidos para ser empleada por la Sra. Bendix.

El terapeuta escribía notas a medida que Iluminada hablaba.

-Y bueno, doctorcito, -dijo ella de pronto, cuando creyó haber hablado lo suficiente- ¿estoy, o no estoy loca?

-No, Señora. Usted está completamente cuerda.

-¿Qué dice?

-Olvídese de la locura, y trate de descansar, que usted ha trabajado demasiado duro toda su vida.

-Trabajar es todo lo que sé.

-No me cabe duda. Tal vez deba escuchar esa voz. A lo mejor sólo quiere que usted descanse.

-No entiendo. Mire que yo soy muy bruta.

-Usted no es bruta tampoco. Nada de lo que me ha contado, ni lo que yo he observado mientras usted hablaba indica que usted no esté en su sano juicio.

-Esas son palabras muy bonitas, pero ¿y la voz?

crisis. You're lonely and tired like me. You sit here with me and drink lemonade until you feel better. Alright? In the meantime, I'm going to make a few phone calls to find you a doctor."

"A head doctor, right *señora*? A psychopath."

"It's not a 'psychopath' that you need, but a psychologist, or a therapist," Mrs. Bendix smiled for the first time in months.

"Whatever you say, *señora*."

Iluminada heard Mrs. Bendix speak on the phone for a long time. She stayed under the umbrella, sick with worry. She imagined a hellish future for herself, behind bars, in a cell with padded walls like she had seen on television.

Next morning, Iluminada reluctantly went to a mental health clinic for Latinos. She was greeted by Dr. Guzmán, a neatly dressed young therapist who helped her fill out some papers in the waiting room and later took her to his office.

"Please, sit down, *señora*. What can I do for you?"

"Aren't you too young?" she asked, looking up and down at him with distrust. "You could be my grandson."

"I assure you that you are in good hands. Please, sit down."

"Fine. Do your job, then. But be warned that I hear a voice."

Iluminada sat, and Mr. Guzmán asked her many nosey questions that she thought were beside the point. But she answered, trying to remember all she could of her humble childhood, her difficult youth working in the coffee plantations of Don Augusto, the father of her first child. She spoke of her dead husband, and the beatings that he gave her when he got drunk on Fridays. She told the therapist about her children, two of whom died in their infancy for lack of a doctor's care. She spoke of her surviving daughters, their marriages, and her two grandchildren, who lived in California. And finally, she told him of her difficult migration and of how she became Mrs. Bendix's housekeeper.

The therapist wrote notes while Iluminada spoke.

"Well, little doctor," she said suddenly, when she thought she had talked enough. "Am I, or am I not crazy?"

"No, *señora*. You are completely sane."

"What are you saying?"

"Forget about being crazy. Try to rest. You have already worked hard enough all your life."

"Work is all I know."

"I have no doubt. You may need to listen to that voice. Maybe you're being told to rest."

"I don't understand. I'm kind of dumb, you know?"

"You're not dumb either. What I mean is that nothing you have told me, or that I have observed suggests that your judgment or your mind are impaired in any way."

"Those are very pretty words, but what about the voice?"

"I don't know. It could be something related to your inner ear. Have that checked by a doctor if you wish. Or just give it time... The voice might disappear."

"Do you believe in spirits and things like that?"

-Eso no lo sé. Puede que sea algo del oído. Hágase examinar el oído interno. Y déle un poco de tiempo que a lo mejor la voz desaparece.

-¿Usted cree en fantasmas y esas cosas?

-Dudo que se trate de un fantasma. Vaya y haga vida normal, que usted es una buena mujer.

-Muchísimas gracias, doctorcito. Que Dios se lo pague. Se levantó para marcharse.

-Si lo desea, puede volver a verme. Estoy a su disposición.

-Dios lo bendiga, pero por aquí no me vuelve a ver usted el pelo, de eso puede estar seguro.

-¿Tan mal la he tratado? -bromeó el Señor Guzmán.

-No, si usted ha sido todo un caballerito. Es que estos lugares me dan flojeras de rodillas.

-Puedo recomendar un especialista para los oídos.

-No, gracias. Si oigo voces del más allá quiere decir que los oídos del más acá están de lo mejor, ¿no cree?

Iluminada salió a la calle con el paso ligero y una sonrisa en los labios. Paró en una tienda y se compró un vestido para celebrar su cordura.

Aquella noche, la Sra. Bendix insistió en cenaran juntas, e incluso preparó perdices al horno y vegetales al vapor.

-¿Cómo es que regresas tan contenta?

-No estoy loca.

-¿Qué te han dicho? ¿Quién te atendió?

-Un doctorcito muy amable me dijo que no tenía yo nada, que viniera a casa y que descansara.

-¿Eso fue todo?

-Pues ya lo ve.

-¿El doctor no te ha hecho pruebas?

-Ni siquiera me dijo que me encuerara. El doctorcito sólo me hizo preguntas.

-Preguntas... -murmuró la Sra. Bendix, repicando con las uñas sobre la mesa.

-Sí, señora. Sólo preguntas.

La Sra. Bendix se levantó y se paseó nerviosa con los brazos cruzados.

-¿Y las contestaste todas?

-Pues claro.

-¿Y fuiste sincera?

-Señora, ya sabe que soy sincera siempre. -dijo, frunciendo el ceño.

-No te ofendas, pero es que no lo puedo creer.

-Pues llame usted mañana al doctorcito y verá -Iluminada se cruzó de brazos.

-No, no se trata de eso. Yo te creo.

-¿Y qué es lo que no cree, pues?

-¿No te das cuenta? Tu oyes voces y te encuentran de maravilla, mientras que a mí me hipnotizan y me drogan por unas lloreras completamente justificables. No lo entiendo -suspiró.

-Lo siento, Señora. Tal vez mi doctor es más listo que el suyo. ¿Por qué no va a verlo?

"I don't think we're dealing with any spirits here. Go home and live normally. You're a good woman."

"Thank you very much, little doctor. May God always be with you." She stood up.

"If you wish, you may come back to see me. I'm at your service."

"God bless you. But you'll never see my face here again if I can help it."

"Was I so bad to you?" he joked.

"No. You have been a perfect little gentleman. It's just that this kind of place gives me the shakes."

"I can recommend an ear doctor..."

"No, thanks. If I'm hearing voices from the other side, that means that the ears on this side are fine, don't you think?"

Iluminada walked out into the street with a spring in her step and a smile on her face. She entered a store and bought herself a dress to celebrate her new found sanity.

That night, Mrs. Bendix insisted that they have supper together. She went as far as to cook a Cornish hen and steamed vegetables.

"I see you're in a great mood. How come?"

"I'm not crazy."

"What did they say? Who saw you?"

"A nice young doctor told me that there was nothing wrong with me. He told me to come home and to forget everything that happened."

"That was it?"

"There you have it."

"Did the doctor give you tests?"

"I didn't even have to get naked. The little doctor asked me questions."

"Questions..." Mrs. Bendix whispered, tapping her fingernails on the dining room table.

"Yes, *señora*. Just questions."

Mrs. Bendix got up and began to pace, with her arms crossed.

"Did you answer all of the questions?"

"But of course... "

"Were you sincere?"

"*Señora*, you know I'm always sincere," she frowned.

"Don't take offense, Iluminada, but I just can't believe it," she said.

"Then call the little doctor yourself and you'll see..." Iluminada crossed her arms.

"No, it isn't that. I do believe you."

"Then what don't you believe...?"

"Can't you see? You hear voices and they find you in great shape, while I have to be hypnotized and drugged just because I had crying fits, with good reason. I don't understand."

"I'm sorry, *señora*. Maybe my doctor knows more than yours. Why don't you go see him?"

But Mrs. Bendix was not listening.

Pero la Sra. Bendix no escuchaba.

-Ahora resulta que tu estás como un reloj a pesar de tener halucinaciones. ¡Y yo tomando *Prozac*!

-De veras lo siento, Señora. ¿Halu... halulaciones dice usted? ¿Y que son ésos?

-Halucinaciones. No tienen importancia.

A la tarde siguiente, cuando Iluminada desempolvaba los candelabros del dormitorio de la Señora Bendix, su corazón se detuvo de susto.

-¡Iluminada!

-¡Ay Dios mío! -se sentó al borde de la cama estrujando el paño de desempolvar entre sus manos.

-¿Si, hija mía?

-¿Quién es usted? ¡No debía estar aquí! ¡Usted no es real!

-Soy tu Santo Maestro. No temas.

-No, si es que ya no le tengo tanto miedo.

-Bien. Entonces mírame, hija mía, y escucha.

Levantó la cara de entre las manos. Frente a ella, una figura de hombre joven, vestido de blanco le sonreía. Tenía enormes ojos claros y una expresión llena de amor. Irradiaba luz y calor desde su pecho y sus brazos extendidos.

Sin dar crédito a sus propios ojos, Iluminada lo contempló, llevándose las manos a la garganta.

-Usted es como un angelote, ¿no? -susurró.

-Si eso es lo que ves.

-¿Y.. Y ahora qué? -balbuceó.

-Ahora vienes conmigo a cumplir con tu nueva misión.

-¿Y la señora?

-Ella va a estar bien, no te preocupes.

-Pues será lo que usted diga, mi angelote.

Iluminada se acercó a la figura de blanco, abrió los brazos, y cerró los ojos, entregándose.

Sus pies ya no tocaban el suelo y flotaba en medio de su habitación. La sensación de libertad la sedujo de inmediato. Se vio frente a la ventana en el momento en que ésta se abría de par en par como por arte de magia para darle paso.

Se detuvo sobre el marco, pero sin miedo ni titubeos. Respiró profundamente por unos momentos.

Y así fue como la vio la Sra. Bendix desde el borde de la piscina.

-¡Iluminada! ¿Pero qué haces? -Se puso de pie de un salto y corrió hasta pararse debajo de la ventana-. ¡Espera! ¡No saltes! ¡Todo tiene arreglo!

Iluminada podía ver a la Sra. Bendix haciendo aspas de molino con los brazos, pero no entendía lo que le gritaba. Enseguida notó que la Sra. Bendix marcaba un número en el teléfono móvil.

Iluminada miró hacia delante y vio al angelote flotando, indicando que lo siguiera.

"So you are in top shape after experiencing hallucinations, and I'm taking *Prozac*?"

"I'm really sorry. Ha... halogenations you said? What are those?"

"Hallucinations... Never mind."

The following afternoon, while she was dusting the candle holders in Mrs. Bendix's bedroom, Iluminada's heart almost stopped when she heard the voice.

"Iluminada!"

"Oh, God!" She sat at the edge of the bed clutching the dusting rag.

"Yes, my child."

"Who are you? You're not supposed to be here! You're not real!"

"I'm your master. Don't be afraid."

"No. I'm not afraid anymore."

"Good. Then look at me, and listen."

Iluminada lifted her face from between her hands. Standing in front of her was the figure of a young man dressed in white, smiling at her. His clear eyes were enormous and his face was kind, loving. He radiated warmth and light from his chest and his widespread arms. In awe, Iluminada simply stared, her hands on her throat.

"You are... You are a very big angel, aren't you?" She finally spoke.

"If that's what you see."

"And... And now, what?" She mumbled.

"Now you're coming with me. You have a mission."

"What about the *señora*?"

"She will be fine. Don't worry."

"Then it will be as you say, my big angel."

Iluminada walked toward the figure in white with her arms spread, ready to embrace her destiny.

Her feet were no longer touching the floor as she gently floated in the middle of her room. The feeling of freedom seduced her at once. She saw herself in front of the window at the moment when its shutters opened by themselves, as if under a spell, to let her through.

She stopped at the ledge without fear or hesitation, and breathed deeply for a moment.

And that's when Mrs. Bendix saw her from the edge of the swimming pool.

"Iluminada! What are you doing?" Mrs. Bendix stood up and ran to stand directly under the window. "Wait! Don't jump! Everything has a solution!"

Though Iluminada could see Mrs. Bendix signaling from below, her arms like the blades of a windmill, she couldn't hear what she was trying to say. Then, she saw her frantically dialing a number.

The angel was floating in mid-air, beckoning her to follow, while Mrs. Bendix continued to yell, the phone still on her ear.

"You can't do this to me! Come down!"

The summer smog had lifted, leaving in its place a slight breeze that cooled Iluminada's brow, and gave her chills of happiness. She felt light, young, and free.

-¡No puedes hacerme esto! ¡Baja ya! -gritaba la Sra. Bendix con el oído pegado al teléfono.

Los vapores fogosos de verano se habían esfumado, dejando en su lugar una brisa tenue que le aligeró la frente y la estremeció de felicidad. Iluminada se sentía ligera, joven, libre.

Se lanzó al vacío y quedó flotando, suspendida en una reconfortante frescura sobre las copas de los árboles. Detrás quedaban el miedo a lo desconocido, las penurias de su juventud, sus pellejos, y sus años de servicio.

La Sra. Bendix balbuceaba en el auricular.

-*It was nothing. A false alarm.*- dejó caer el teléfono y se quedó mirando el vuelo errante y novato de su asistenta.

-¡Iluminada! casi susurraba-. ¿Te has vuelto loca?

Pero su empleada no estaba a su alcance ya. Cada vez más elevado, el delgado cuerpo era apenas visible más allá de las copas de los árboles más altos, entre nubes resplandecientes que la tomaban en su seno.

-¿Será posible? -La Sra. Bendix se mesaba el cabello-. Está completamente fuera de control. ¡Y quien está tomando *Prozac* soy yo!

She let herself fall into space, and remained suspended above the coolness of the tree tops. Behind were her fear of the unknown, the daily struggles of her youth, her sagging skin, and all her years of service.

Mrs. Bendix mumbled into the phone. "It was a false alarm." She dropped the phone and watched Iluminada's aimless, maiden flight.

"Iluminada!" Her voice was only a whisper. "Have you gone mad?"

But her loyal housekeeper was beyond her reach this time. Floating higher and higher, her body was hardly visible beyond the tree tops, among glowing white clouds that seemed to absorb her within their mist.

"How can it be?" Mrs. Bendix ran her fingers through her hair. "She's totally out of control, and I'm the one taking *Prozac!*"

A Woman at Home

Una mujer en casa

La casa se erguía regia al final de la calle en medio de un frondoso jardín y árboles cargados de frutos. Desde los balcones y ventanas, las flores estallaban como fuegos artificiales. Con sus gruesos pilares la casa poseía un aire de elegancia, mientras que el portal en semicírculo con su hilera de mecedoras de alto espaldar le daban un toque de acogedora sencillez.

De aquella casona jamás emergían gritos ni ruidos discordantes. El único sonido que llegaba a los vecinos eran valses que la madre tocaba todas las tardes al terminar sus labores. "Los cuentos de los bosques de Viena" la transportaban a la época más inocente de su vida, cuando era una señorita y no tenía otra responsabilidad que la de cultivar sus encantos y pulir sus destrezas hogareñas para encontrar un esposo merecedor de sus virtudes.

Mientras se dejaba llevar por la música, se veía a sí misma en un baile de sociedad, chaperoneada por su madre, llamando la atención de todos con su altivo esplendor criollo. Se sabía entonces indiscutible blanco de las miradas masculinas y la envidia de otras jóvenes de su edad.

Todavía hermosa, disfrutaba contemplando su imagen en el espejo. También se contemplaba las manos, cuya juvenil apariencia desafiaba el desgaste natural a causa de sus labores y el paso del tiempo. Sus dedos bailaban sobre el teclado amarillento, desplegando más agilidad mecánica que talento interpretativo.

La madre esperaba orden sobre todas las cosas. A su alrededor imperaban el método y la rutina en las actividades propias de una mujer bien educada, experta en todo lo relacionado con labores domésticas.

Los cambios sociales en el país la tenían sin cuidado. Poco habría de reprocharle la nueva generación, ya que a pesar de su condición burguesa nunca había confiado los quehaceres de su hogar a ninguna persona extraña. ¿Con qué objeto? Nadie cocinaba como ella, nadie pulía, sacudía, ni se cuidaba de cada detalle como ella. Jamás había explotado la labor de nadie ni dado órdenes a ningún empleado. Ella era la dueña y señora de todo lo que tenía a su alrededor. Sus manos creaban los encajes de caprichosos diseños que adornaban las cortinas, y el destello de las baldosas. Ella era responsable por el reflejo de los ventanales, y la brillantez de los azulejos granadinos alrededor del tinajón de agua de lluvia, albergue de tantas ranas en medio de las matas de plátano y las sinuosas arecas.

Todo lo impregnaba la madre, todo lo poseía al exhalar sobre todo su imperio un aliento de café y manzanilla.

The house stood regally at the end of the street, surrounded by a luscious garden and old trees loaded with plump fruit. From balconies and window ledges, bright red flowers burst like firecrackers. Wide pillars gave the house an air of solid elegance, while a semi-circular porch, lined with high-backed rocking chairs added a touch of welcoming simplicity.

No loud voices or discordant noises ever emanated from the inside. The only sound that reached the neighbors was that of a small piano, on which the mother played waltzes each afternoon after her daily chores. *The Tales from the Vienna Woods* transported her to a more innocent time in her life, when she was a young lady with no other responsibilities than to cultivate her beauty, polish her skills as a potential homemaker, and eventually find a husband worthy of her virtues.

As she let the music carry her away, she saw herself at a society ball, chaperoned by her mother, attracting everyone's attention with the regal splendor of a true *criolla*. She knew herself the target of every man's eyes and the envy of every other woman her age.

Still beautiful, the mother enjoyed gazing at her own reflection from time to time, and contemplating her own hands. Their youthful appearance defied the wear-and-tear of her housekeeping and the passage of time. Her fingers danced gracefully over the yellowing piano keys, the conduits of more mechanical dexterity than musical talent.

The mother demanded order in all things. Throughout her domain reigned method and routine as expected of a well-educated woman of her time, carefully trained in the art of fine homemaking.

Social changes taking place in the country did not concern her. The new generation had nothing on her, for in spite of her position as a member of the former bourgeoisie she had never trusted the maintenance of her castle to any stranger. Why would she? Nobody cooked like her, nobody cleaned, washed, dusted, or took care of every detail as she did. She had never exploited anyone's labor or given orders to a housekeeper. She was the lady, the one and only authority in her house, and the keeper of everything in it. Her hands created the shine on the tile floor as well as the intricate lace that edged the sheers in each bedroom. She was responsible for the reflection on the windows and the brightness of the Grenadine tiles that surrounded the interior patio and the base of the *tinajón*, a giant clay pot that held rain water under a gutter spout. It was the preferred shelter to dozens of frogs amidst moss, banana plants and sinuous *areca* palm trees.

A las cinco de la tarde, después de su concierto se sentaba en una mecedora en el portal. En aquellos momentos la imponente estructura de la casa parecía respirar al ritmo de la respiración de la madre, compartiendo con ella un mismo centro de energía vital.

Desde su parapeto observaba el palomar, donde las palomas tórtolas emulaban el afán de pulcritud de su proveedora, escarbando y tirando desperdicios por los agujeros al prepararse para la noche.

A las cinco y cuarto contemplaba con orgullo su obra maestra, el jardín, el cual atendía con cuidado y esmero sin siquiera mancharse de barro el delantal ni los zapatos. Admiraba sus jazmines, grandes como magnolias, las hortensias con sus ramilletes pesados de color, las quicalias, chispas que se lanzaban al vacío de una en una, evacuando ramas para dar a otras la oportunidad de lucirse también. Las rosas de variados tonos dejaban caer pétalos cargados de rocío a sus pies, mientras el ilán-ilán dispersaba su delicado aroma sobre sus atardeceres.

Las malas yerbas quedaban más allá de los límites de la propiedad para no estropear la perfección de aquel Edén. La madre no les permitía tomar raíces en su dominio, pues con sólo mirarlas las reducía a unos pocos tallos chamuscados.

La hortaliza estaba repleta de vigorosas plantas y pulposos tomates y pimientos que la madre servía a su familia con orgullo. Reservaba las cáscaras, tallos y semillas para mezclarlos con maíz molido y alimentar así unas hermosas gallinas ponedoras de perfectos huevos que se soleaban alrededor de un gallo.

La arboleda extendía sus ramas cargadas de aguacates, guayabas, y naranjas. Los árboles se congregaban alrededor de la ceiba más alta de toda la provincia, que como centro indiscutible simulaba el alto estandarte de una naturaleza dadivosa, una mano que alcanzaba el cielo.

Cada mañana, a sólo minutos del amanecer, la madre daba la vuelta a la ceiba varias veces, entregándose a su ritual con la cabeza baja en señal de reverencia. Luego se arrodillaba ante la maraña de raíces para dejar su cotidiana ofrenda de dos lágrimas, procedentes una de cada ojo. Allí quedaba postrada un rato así lloviera, tronara, o soplaran vientos huracanados. Pues era entonces cuando hacía contacto con su hermana gemela, muerta al nacer.

Al amanecer la madre desplegaba su absoluto control sobre su hogar y el bienestar de su familia. Su trajín tenía la gracia de una *prima ballerina*, la precisión de un cirujano, y la fuerza y disciplina de un cuerpo de artillería.

Despertaba al padre con una taza de café negro y dulce, que él tomaba a tientas y sorbía con los ojos aún cerrados. Ella entonces le preparaba el baño, cubriéndolo todo con innumerables toallas para atenuar el efecto de los charcos que dejaba el padre tras su chapalear matutino.

Para evitar las gotas de agua en el pasillo, colgaba la bata de baño tras la puerta, y colocaba las felpudas zapatillas debajo del lavabo.

Segura ya de que nada le faltaba al padre, la madre entraba de prisa en la habitación de la hija para dar tres palmadas estridentes que ya la niña esperaba con la cabeza debajo de la almohada.

Sueños y otros achaques

The mother impregnated everything with her life-giving breath of coffee and chamomile. She reigned supreme over her empire, she was one with it all.

At precisely five in the afternoon, after her solitary concert, she sat on a rocking chair, out on the porch. It was then that the imposing structure around her seemed to breathe a life of its own to the rhythm of her breath, as if both shared one single core of life energy.

From her vantage point, the mother observed her dovecote. The turtle-doves emulated the obsession for cleanliness of their provider, scratching and fussing, discarding trash through each opening while preparing for the night.

At five fifteen the mother gazed proudly at her masterpiece, the garden, which she pampered with meticulous care without soiling her apron or her shoes. She admired her jasmines, large as magnolias, the hydrangias, heavy with color, and the *quicalias*, fiery sparks that jumped off their branches one at a time, as if to vacate a space so the younger ones would have a brief opportunity to show off too. The roses of varied hues and sizes dropped their dewy petals for the mother to walk on, and the *ilán-ilán* dispersed its delicate perfume over the mother's sunsets.

Weeds stayed outside the gate without a chance to spoil the perfection of Eden. The mother did not allow them to take root in her domain, because just by looking at them, she could reduce them to a few dry stems.

The vegetable garden displayed vigorous plants and pulpous tomatoes and peppers that the mother served with pride. She reserved all the peels, stems and seeds to mix with corn meal as feed for her chickens. Her plump hens, producers of perfect eggs, sunned themselves around the one regal rooster.

Old trees extended their arms loaded with avocados, guavas, and oranges, surrounding the tallest *ceiba* in the whole province. As the true center of the property, the magic tree stood as a monument to a giving nature, a wand that reached toward the sky for nourishment.

Each morning, minutes before dawn, the mother walked around the *ceiba* tree several times, her head bowed in reverence. She knelt before the tangle of roots and left her daily offering of two tears, one from each eye. There she remained, kneeling at the base of the *ceiba* tree for some time, whether it rained, thundered, or hurricane winds threatened to blow her away. At that sacred hour of the morning, she established contact with her twin sister, dead at birth.

At dawn, the mother reaffirmed her absolute control over her home and the well-being of her family. Her swift movements had the grace of a prima ballerina, the precision of a surgeon, and the forceful discipline of artillery.

She would wake the father up with a demitasse of dark, sweet coffee for which he groped in the dark and slurped slowly with his eyes still closed. She then prepared the bathroom, covering it with innumerable towels to prevent the effects of the puddles otherwise left by the father during his daily ablutions.

To prevent drops on the floor, she hung the father's bathrobe behind the door, and tucked the thirsty slippers under the sink cabinet.

Certain that the father had at his fingertips everything he might need, the mother left the bathroom and abruptly entered the daughter's bedroom. She called

La madre le decía siempre en el mismo tono:

-Levántate, que tienes que dar de comer a las gallinas, tender la cama de tu hermano y lavar los platos del desayuno.

La hija, en la semi-obscuridad, movía los labios, articulando las consabidas palabras, con una expresión de asco y disgusto plasmada el rostro soñoliento. A veces hacía pantomimas, tirando granadas imaginarias a las espaldas de la madre cuando ésta se marchaba del cuarto dejando la puerta abierta.

La madre iba a la cocina por un vaso de jugo fresco de naranja y entraba en la habitación del hijo. Se sentaba al borde de la cama a contemplarlo mientras éste bebía. Al terminar, el hijo le alargaba el vaso vacío en silencio. Ella se levantaba para escogerle la ropa, colocándola con cuidado sobre una silla, en el orden en que habría de ponérsela.

-Tu padre ya casi ha terminando en el baño -Le decía antes de salir de la habitación-. Debes darte prisa para no hacerlo esperar en la mesa.

La mirada del hijo, en su marco de profundas ojeras, se perdía en las vigas del techo mientras la madre abría las ventanas. Si el día estaba húmedo, la madre lo invitaba a quedarse en casa, sugiriéndole que más tarde copiara las notas de algún compañero de escuela.

Si al sentarse a desayunar, el padre se daba cuenta de que el hijo aún remoloneaba en su cuarto, no podía disimular su irritación. Mascullaba que la madre estaba haciendo de él un vago y un enclenque. Ella entonces pretendía no oírlo y mantenía al hijo fuera de su alcance.

El padre salía rezongando y se metía en su automóvil seguido de un portazo. Pero pronto salía del automóvil con el ceño fruncido para entrar a darle a la madre un abrupto beso en la mejilla. Entonces daba la vuelta y se volvía a marchar.

La hija entretanto, preparada para la escuela, cumplía sin chistar con sus deberes diarios. Al terminar, se bebía de prisa el café con leche, y corría camino a la escuela. La madre apenas notaba su partida por estar atenta únicamente a la trayectoria del hijo que deambulaba por la casa, perdido dentro de sí, estrechando el frente de su bata de baño.

Ya en la calle, la hija saltaba, les gritaba a los otros muchachos, tiraba su bolsa escolar al aire, se quitaba el lazo que le apretaba la nuca, y sacudía el pelo en desafío.

Muy cerca la esperaba un jovencito enamorado que la llevaba a la escuela sentada sobre el cuadro de su bicicleta. Ella se le recostaba, y él gustoso aspiraba el aroma de su cabello que flotaba frente a su nariz. El muchacho dilataba el viaje cuanto podía, pedaleando despacio y serpenteando para mantener el equilibrio.

La madre le tenía prohibido este modo de transporte a la hija. Esos tubos de metal de las bicicletas podían desvirgarla, y no debía perder tiempo con un "muchacho ordinario."

La hija un día se atrevió a reírse al imaginar que su himen pudiera verse esparcido por encima de la bicicleta.

Aquella fue la primera vez que la hija quedó clavada ante la acerada mirada

her name once, and loudly clapped three times. The girl received this awakening with her head under the pillow.

The mother always spoke to her in the same flat tone:

"Get up. You have to feed the chickens, make your brother's bed, and wash the breakfast dishes."

The daughter, in the semi-darkness, lifted her head and moved her lips, dubbing the words with an expression of disgust in her sleepy face. Sometimes she would mime the motion of throwing grenades at the mother's back as she left the room, leaving the door open.

The mother then went to the kitchen for fresh-squeezed orange juice, and took it to her son's room. He drank rapidly and handed her the empty glass without saying a word. She would then choose the clothes he was to wear that day and placed them over a chair in the order he was to put them on.

"Your father is almost finished in the bathroom," she said before leaving the room. "It's time to get moving. Don't make him wait for you at the table."

The son's gaze, framed by deep, bluish circles, became lost among the beams on the ceiling as the mother opened the windows. If the day was humid, she invited him to stay home from school, suggesting that he could always copy notes from a classmate.

When the father sat for breakfast and realized that the son was still in his room, he couldn't hide his irritation. He muttered that the mother was creating a weak, lazy man out of the boy. She pretended not to hear, and kept the son out of view.

The father left the house and got into his car, slamming the door behind him. But often, he would get out of the car with a frown, walk to the porch, and abruptly kiss the mother on the cheek. Then he turned on his heels and left.

Meanwhile, the daughter, looking forward to her school day, dutifully performed her morning chores. When she finished, she drank a glass of coffee with milk in a hurry, and left for school. The mother hardly ever noticed her departure, concentrated as she was on following the trajectory of the son, who, lost within himself, walked around the house aimlessly, clutching the front of his bathrobe.

Out in the street, the daughter jumped, yelled her greeting to the other children, and threw her schoolbag in the air. She would yank her ribbon off, and shake her hair loose with an air of defiance.

Nearby, a smitten boy waited for her on his bicycle. She rode the rest of the way sitting on the cross-bar, leaning on the boy. He blissfully breathed in the scent of her hair while lengthening the three-block ride to school by pedaling slowly, swerving widely to maintain balance.

The mother had forbidden her from employing that mode of transportation to school. The metal tubes in bicycles could take her virginity away, and she should not spend time with "an unworthy boy."

The daughter once laughed at the mother's admonitions because she could not imagine her hymen smeared over the cross-bar.

That was the first time that the daughter was immobilized as a result of the mother's glare.

de la madre.

-Con la virginidad no se juega, -dijo, con la cara a menos de una pulgada de distancia, y la hija sintió la saliva rociándole la mejilla. No podía moverse aún cuando la madre se dió la vuelta para continuar sus quehaceres.

Estaba firmemente adherida a la pared con los brazos en cruz, y los pies juntos, rígidos.

Durante una hora o más sintió un punzante dolor en el cogote por el golpe recibido al ser lanzada contra la pared. Pestañear era difícil, y hasta la respiración resultaba trabajosa. No comprendía lo que había sucedido, sólo sabía que algo en la mirada de la madre la había sumido en una inmovilidad forzada, inmune al hambre, la sed, y los deseos de gritar.

Incapaz de pensar en otra cosa que su terror, enfocó la vista sobre una hormiga roja que cruzaba libremente desde la sala al comedor. De todo corazón envidió la habilidad del pequeño insecto al desplazarse de un sitio a otro sin ser visto. Si lo viera la madre de seguro lo aplastaría y luego limpiaría el diminuto pegote con un paño de lana. Pero la madre no vería a la hormiga. ¡Qué suerte ser tan pequeña!

Una hora más tarde la hija estaba segura de que ya jamás podría moverse normalmente, y el retumbar de su propio corazón rebotó contra sus sienes. Pero de pronto empezó a sentir un poco más de soltura, y recobró sus esperanzas. Cuando el efecto de la mirada pasó por fin, la hija se desplomó como una muñeca de trapo, aturdida, pero aliviada al sentir que recobraba los movimientos poco a poco. Gateó en silencio a su dormitorio mientras la madre, con los ojos cerrados, tocaba "Sobre las olas."

Desde aquel día, la escena se había repetido, y a la hija sentía terror de caer presa de la mirada una tercera vez. Su padre no había podido socorrerla anteriormente cuando llegó a casa y la encontró convertida en una mosca atrapada en una telaraña. La miró con profunda tristeza, le quitó el pelo de delante de los ojos, y dándole un beso en la frente, siguió de largo.

El hijo tampoco servía de consuelo, pues también él había sido clavado por la mirada una vez por haber reído ruidosamente tras un aparatoso resbalón de la madre sobre el piso mojado de la terraza. Sentía pavor de que volviera a ocurrir. Al recobrar los movimientos, el hijo tuvo fiebres muy altas que le causaron delirios, le hicieron gritar toda la noche y sudar hasta el deseo de vivir. Quedó nervioso, vulnerable, y delicado de salud, presa de pesadillas angustiosas y miedos irracionales.

La madre nunca expresó sentimientos de culpa, pero dispensaba una ternura desmedida en el hijo, aunque éste permaneciera temeroso y desconfiado de todo aquel derroche de mimos. Nunca volvió a reír en voz alta, ni a corretear como cualquier muchacho. Pasaba las horas tumbado entre los árboles tratando de descubrir formas caprichosas entre las nubes.

Los hijos evitaban mirarla a los ojos a menos que se hubieran cerciorado de que estaba de buen humor. Y era durante aquellos raros momentos que la sonrisa de la madre iluminaba como el sol después de la tormenta, y todos caían ante ella. En días así, los hijos casi lograban olvidar los temores de a

"Keeping one's virginity intact is no joking matter," The mother's face was less than an inch away and the daughter felt her mother's saliva spraying her cheek. She could not move. Not even after the mother turned around and left to continue with her chores.

Firmly adhered to the wall, the daughter's arms were spread as if on a cross, and her feet were close together, paralyzed.

For a long time, she felt a piercing pain in the back of her head, where she had hit the wall. Blinking was difficult, and her breathing had become shallow. She could not understand what had happened. She only knew that her mother's gaze had frozen her, leaving her powerless in the face of hunger, thirst, and the desire to scream for mercy.

Struggling to focus her attention on something other than her terror, she observed a red ant which was freely crossing the dining room. With all her heart she envied the insect's ability to move about without being noticed. If the mother ever saw it, she would most likely squash it, and then carefully rub the tiny smudge with a wool rag. But the mother would not see it. Fancy being so small!

One hour passed and the daughter believed she would never be able to move normally again. The pounding of her own heart became louder, bouncing against her temples. But suddenly she felt a little loser, and her hope returned. When the effects of the gaze finally began to pass, the daughter fell to the floor like a rag doll, dazed, shaken, but relieved by the recovery of her movements. She crawled quietly to her bedroom while the mother played *Over The Waves*, with her eyes closed.

Since that day, the daughter had fallen prey to the gaze twice, and was terrified of a third strike. Her father had not been able to help when he arrived home and found her against the wall, as a fly caught in a spider web. He looked at her with deep sadness, brushed her hair away from her eyes, kissed her forehead, and walked away.

The son would not help either because he, too, had been pressed against the wall once for laughing when the mother slipped and fell on the wet terrace floor. He lived in terror of her gaze. After his temporary paralysis, he was seized by high fevers that made him delirious. He screamed during the night and sweated off much of his joy of life. His health became delicate, and he was regular prey to nightmares and irrational fears.

The mother never acknowledged guilty feelings, but became extremely protective of her son, though he remained fearful and wary of her smothering attention. Never again did he laugh out loud, or romped around like other boys. Instead, he spent hours on his back under the trees in the backyard, discovering curious shapes among clouds.

The children avoided the mother's eyes, unless there was clear evidence that she was in a good mood. And it was during those rare moments that the mother's smile illuminated the house like the sun after a storm, and they all happily fell under the spell. On days like those, the children could almost forget their usual fears and even harbored the illusion that everything else had been a long, bad dream.

Dreams and Other Ailments

diario y hasta se hacían la ilusión de que todo había sido un mal sueño.

Las vecinas envidiaban a la madre. Lo tenía todo —un marido cariñoso que cada día la besaba a la vista de todos en el portal, y tenía dos hijos obedientes y callados. Pero sobre todo, envidiaban su hermosura. Tenía una lustrosa cabellera de azabache, ojos verdes como esmeraldas, una hermosa dentadura, y una figura erguida y donairosa. El conjunto era la percha perfecta para vestidos que ella misma confeccionaba.

Todo en aquella casona funcionaba a la perfección, tal y como si no le afectaran la falta de alimentos reinante en el país. Nada tocaba el castillo de la madre, ni siquiera la opresión y la vigilancia reinantes. Con regularidad compraba carne, arroz, y café de contrabando sin levantar sospechas de los que vigilaban esparcidos entre los vigilados. Se manejaba de maravilla con lo que producían su hortaliza, sus árboles frutales, y los huevos de sus productivas gallinas. Cuando a una de éstas le llegaba la hora final, la madre se le echaba encima como el más sigiloso gato, y le retorcía el pescuezo con una sola maniobra. Tan rápida era que las otras gallinas ni cuenta se daban.

Diestra en la cocina, era capaz de ablandar las carnes más duras y los pellejos más rebeldes. Hasta los huesos se sometían a sus expertos manejos culinarios. Conocía el arte de salar y ahumar todo tipo de carnes, y sabía encurtir cualquier vegetal.

La madre era generosa con sus vecinas. Repartía entre ellas hermosos vegetales y frutas en conservas preparadas por ella misma. Buscaba el respeto y la admiración de todos en la comunidad, pero jamás formaba amistades íntimas con nadie.

A media mañana la madre se movía a una velocidad vertiginosa por toda la casa. Tenía que asegurarse a diario de la transparencia de cada cristal, del ángulo óptimo de cada figurín de porcelana, y la posición de las copas de fino cristal en la vitrina del comedor.

Por las tardes, tras un baño reparador, se vestía y acicalaba cuidadosamente, se ponía agua de lavanda detrás de las orejas y en las muñecas. Tocaba el piano por una hora, exactamente, y luego se sentaba en una mecedora del portal a esperar al padre mientras los hijos cumplían con sus deberes escolares en sus respectivos dormitorios.

Una vez al mes durante esta espera la madre solía caer en un trance del cual ni siquiera la llegada del padre la sacaba. Su rostro se tornaba pálido, su expresión serena parecía la de alguien que había muerto feliz. Ni el padre ni los hijos se atrevían a romper aquel hechizo. Se movían con sigilo, caminando en puntillas por toda la casa para dejar que la madre permaneciera así el mayor tiempo posible.

Los tres se sentaban a conversar en susurros alrededor de la mesa del comedor, o debajo de un árbol hasta que la obscuridad y los mosquitos los hacían entrar.

Entonces el padre les hablaba a los hijos de sus sueños y esperanzas para ellos, y de sus amoríos de antaño. Los enseñaba a construir animales, barcos, y sombreros de papel doblado y a tallar con un pequeño cuchillo de

The neighboring wives envied the mother. She had everything —a loving husband who kissed her goodbye every morning where everyone could see, and two obedient, quiet children. But most of all, they envied her beauty. Her dark shiny mane, her eyes, green like emeralds, her perfect row of teeth, and her graceful and elegant figure, all were the perfect model for the well-cut outfits she made for herself.

Everything in the house ran perfectly, as if it were immune to the scarcity of goods widespread throughout the country. No disturbance seemed to touch the mother's castle, not even the reigning surveillance in the streets. She bought meat, rice, and coffee from the black market without ever arousing suspicion from observers who casually blended with the observed. She further ensured adequate nourishment for her family with the produce from her large vegetable garden, her fruit trees, and the eggs from her productive hens. When the final hour came to one of her chickens, she would pounce on it silently, as only a cat could, and immediately twist the neck with a whip-like maneuver. She allowed no time for the other hens to notice the strike.

An expert in the kitchen, she was capable of softening the toughest cuts of meat and the most rebellious gristle. Even bones submitted to her procedures. She knew the art of salting and smoking all meats, and how to preserve practically any vegetable.

The mother was generous toward her neighbors. She provided them with samples of her plump vegetables and homemade fruit compotes. She would seek the respect and admiration of everyone in the community, but never cared to form any close friendships with anyone.

During the mid-morning hours, the mother moved about the house at great speed. She had to dust and inspect the transparency of each piece of crystal, the optimum angle of each porcelain figurine, and the position of her fine crystal glasses in the dining room cabinet.

Every afternoon, after an invigorating shower, she dressed and groomed herself, placing drops of lavender water behind her ears and her wrists. She played the piano for exactly one hour, and sat on the porch to wait for the father while the children did their homework in their respective bedrooms.

Once a month during this wait, the mother would fall into a trance from which not even the father's arrival could retrieve her. Her face became pale, and her serene expression was that of someone who had died happy. Neither the father, nor the children dared to break the spell. Instead, they moved around on their tiptoes and allowed her to remain in that state as long as possible.

The three of them would sit around the dining room table to chat in near whispers, or maybe lounged under a tree in the backyard until darkness and mosquitoes brought them indoors.

Then the father talked with the children of his dreams and hopes for them, and about exploits from his youth. Sometimes he taught them how to construct animals, boats, and hats out of folded paper, and how to whittle with a pocket knife.

Satisfied with guavas or mangoes from the yard, they forgot about dinner

bolsillo.

Se contentaban con mangos y guayabas que cogían del patio y olvidaban la cena. Sabían que en cualquier momento sus risas quedarían suspendidas ante la mirada desencajada de la madre. Nunca la oían levantarse de la mecedora. Su paso desde el portal a la sala era imperceptible, como si se hubiese deslizado por las baldosas como el aceite.

-Debo haberme quedado dormida. ¿Por qué no me despertaron?

Solamente el padre lograba sostenerle la mirada.

Con ayuda de la hija, la madre servía la comida, como si fueran las siete de la tarde, aunque hubieran dado ya las doce campanadas en el reloj del comedor. Nadie se atrevía a hacérselo notar.

La madre de repente se levantaba de la mesa sin haber terminado, entraba en su dormitorio, y completamente vestida se echaba en la cama para entregarse a un sueño profundo pero muy inquieto. Daba gritos y patadas, como si luchara con un enemigo invisible. Con frecuencia daba órdenes imperiosas y otras veces gemía y pedía clemencia.

Las cazuelas y platos sucios quedaban para la hija, quien recogía y lavaba todo con sumo cuidado, evitando la ruptura de una taza, o la colocación de un cubierto en el lugar equivocado.

La hija quedaba despierta por horas. Repasaba en su mente donde lo había colocado todo, mientras escuchaba los gruñidos y gritos de las pesadillas provenientes del dormitorio contiguo, así como las vueltas que daba el padre en el sofá de la sala.

A la mañana siguiente la madre se despertaba fresca y despejada, y nunca recordaba sus pesadillas. Durante el desayuno reía, acusando al padre de fantasioso cuando él, con los ojos enrojecidos por el desvelo le contaba de la noche de perros que habían pasado todos a causa de su gritería.

Cada dos o tres semanas la madre salía al campo con el hijo en busca de hierbas, remedios naturales y caracoles de río. El hijo tenía muy buena vista para encontrar las plantas que ella buscaba, y sabía esquivar las espinas para obtenerlas.

Entonces la hija se quedaba sola en la casa de buena gana. Había desarrollado un buen sentido del transcurso del tiempo, y la madre nunca la pillaba en nada ilícito. Invitaba a sus compañeros de escuela con cuidado de hacerlos marchar a tiempo para que la madre nunca encontrara evidencia de juegos y retozos.

En cuanto se encontraba sola, la hija comenzaba a cantar con el radio a todo volumen, utilizando la cánula de una ducha vaginal de la madre como micrófono. Bailaba, daba saltos, y aporreaba las teclas del sagrado pianito de caoba.

Otras veces abría el armario de la madre y respiraba profundamente. Todo tenía un aroma de hierbas, incienso, y flores secas. La gente de las viejas fotos era desconocida para la hija, y los atados de cartas amarillentas exudaban un misterio irresistible. Admiraba las peinetas y hebillas de carey, los pequeños frascos de perfume, y las cajitas de madera y nácar que la hija nunca pudo

and guardedly continued to enjoy themselves. At any moment their laughter would freeze before the mother's ill gaze. Her steps were undetectable, as if she had slid like oil over the tile floor.

"I must have fallen asleep. Why didn't you wake me up?"

Only the father was able to meet her eyes.

With the daughter's help, the mother served a cold supper as if it were seven in the evening, though the dining room clock may have already chimed midnight. Nobody protested.

Suddenly, the mother would leave the table and disappear behind her bedroom door. Without undressing, she lay in bed and surrendered to a deep, fitful sleep. She grunted and kicked, as if struggling with an unseen force. She often gave orders, while at times she whimpered, begging for mercy.

The dirty pots, pans and dishes were left to the daughter, who gathered and washed them carefully, in fear of the breakage of a cup or the misplacement of a fork.

The daughter stayed awake hours afterward. She retraced her steps around the kitchen, reviewing where she had placed everything, while trying to block out the groans coming from the neighboring bedroom and the turning of the father on the living room sofa.

The mother woke up refreshed as usual, ready for a new day. She never remembered her nightmares. During breakfast, she laughed in disbelief when the father, rubbing his puffy eyes, told her of the dog's night she had given everyone with her bad dreams.

Every two or three weeks the mother took the son with her to the countryside in search of herbs, seeds, and river slugs. The son had a good eye for the rarest of plants, and could negotiate the sharpest thorns to get to what the mother wanted among the shrubbery.

The daughter gladly remained alone at home. Having developed a sharp sense of time, she was never caught in forbidden territory. She often invited schoolmates over, but was careful to get rid of them in advance of her mother's return. No evidence of their presence was ever discovered.

As soon as she was alone, the daughter began to sing out loud with the radio at full volume, while holding the mother's douche as a microphone. She danced, jumped, and banged on the keyboard of the sacred mahogany piano with abandon.

Occasionally, she opened the mother's armoire and breathed in deeply. Everything exuded a sweet aroma of herbs, incense, and dry flowers. The old photographs were a mystery to her, as were the bundles of yellow letters tied with lace. The daughter admired the tortoise shell combs, the tiny perfume bottles, and the boxes made of wood and mother-of-pearl that she could never figure out how to open.

One day, she discovered that the mother had forgotten to lock the lower drawer of her armoire, the most sacred spot. The daughter contemplated for the first time the forbidden treasures before touching anything. Soon the tips of her fingers began to caress every surface, though she didn't grasp anything. The knowl-

abrir.

Un día descubrió que la madre había olvidado echar llave al cajón inferior del armario, el rincón más sagrado de todos. Se quedó contemplando los tesoros prohibidos por largo rato. Su mano pasó por encima de todo, aunque no cogió nada. Simplemente el haber violado el santuario materno con la vista le proporcionaba una siniestra satisfacción, tanto así que a veces no necesitaba ir más lejos. Pero ésta vez, su mano se detuvo sobre una sencilla cajita de madera pulida que nunca antes había visto, y la cual abrió con facilidad. En ella, una piedra cristalina en forma de huevo brillaba entre otras opacas, y la tomó entre sus manos para contemplarla a contraluz.

Destellos de colores saltaron de la piedra al cubrecamas de la madre, y la hija se preguntaba si se trataba de un diamante. Pero de repente, la piedra comenzó a calentarse hasta casi quemarle la mano. Sobresaltada por el dolor, la hija iba a dejar caer la piedra sobre la cama cuando la voz de la madre le dijo al oído:

-Devuélvela.

Con un vuelco del corazón, la hija puso la ardiente piedra en su lugar ya sin sentir el dolor de su propia quemadura. Sólo sentía un terror ciego.

Le fallaron las rodillas y casi cayó al suelo. Apenas se recuperó lo suficiente para darse vuelta lentamente, resignándose a la mirada. Pero no había nadie en la habitación. Atónita, la hija se apartó del armario y miró detrás de las puertas y a lo largo del pasillo. Se aventuró fuera del cuarto y solo encontró silencio. Aún sin creer estar sola, salió al comedor, y armándose de valor, llamó con voz entrecortada:

-¿M-mamá?

Solamente oyó los latidos de su propio corazón.

Resistiendo el impulso de huir, la hija continuó su búsqueda por toda la casa. Cada vez que abría una puerta, su corazón daba un vuelco.

Trató de convencerse de que lo había imaginado todo. Trataba en vano de distraerse, pero no lo lograba. Al intentar entregarse a alguna actividad inocente, experimentaba una sensación de malestar por todo el cuerpo, y la quemadura le ardía.

Pero ya hastiada del miedo, decidió inventarse un nuevo peinado frente al espejo, y quedó allí de pie contemplándose por unos instantes. Entonces tomó el peine con las puntas de los dedos para proteger la quemadura. Se peinó despacio hacia arriba y luego hacia un lado, pero se le antojó que parecía una "mujer mala." Se deshizo el peinado y se hizo coletas. Entonces parecía una niña idiota. En el preciso momento en que se llevaba las tijeras al flequillo, un súbito destello proveniente de afuera se duplicó en la luna del espejo, dejando una dolorosa sombra impresa en sus retinas.

Pensó que había caído un rayo, pero no hubo explosión, y la luz no disminuía. Asustada, consideró salir a investigar.

Al abrir la puerta que daba al patio la hija se encontró con la madre.

Quiso huir, pero sus piernas pesaban como plomo. Tal vez la parálisis ya había empezado. Se entregó al efecto de la mirada, uniendo sus ojos a las

edge of having violated her mother's sanctuary, if only with her eyes, gave her a sinister feeling of satisfaction. The rush was such that she almost went no further with her trespassing. But her hand reached for a cedar box of polished contours that opened with ease. Inside, a clear crystal shaped like an egg shone seductively. She took it in her hand to look at it against the beam of light that pierced the window.

A burst of colors bounced from the crystal to the mother's bedspread, and the daughter wondered if she was holding a diamond. But suddenly, the crystal became hot and almost burned her hand. Startled, she motioned to drop it on the bed when the mother's voice spoke in her ear:

"Put it back."

With her heart caught in her throat, the daughter returned the rock to the box and to the drawer. She no longer felt the burn, but only blind terror.

Her knees buckled and she almost fell to the floor, scarcely recovering enough to turn around, bracing herself for the gaze. But the mother was not there. Stunned, the daughter walked away from the armoire and looked behind the doors and along the hallway. She ventured outside the bedroom. Struggling with her fear she managed to walk out into the dining room. She swallowed hard, and called weakly:

"M-mamá?"

But the only sound was her own heartbeat.

Resisting the temptation to flee, she continued to look through the house. Every time she opened a door, her heart skipped a beat.

Seeking to convince herself that she had imagined everything, she struggled to forget the incident. But when she managed to concentrate on something else, she felt queasy and the burn stung as a reminder.

Tired of being afraid, she fought to distract herself by trying new hairstyles in front of her bedroom mirror. At first she just stood there, gazing into her own reflection. She held the comb with the tips of her fingers to avoid injuring her burn. With slow strokes she combed her hair upward, and then all to one side. She thought she looked like a whore. She tied it in pig-tails, and then looked like a stupid kid. When she took a pair of scissors to her bangs, a sudden flash from the outside entered her bedroom window and duplicated itself in the mirror. The light left a painful imprint in her retinas.

She assumed it was lightening, but no explosion followed the flash, and the light persisted to glow through the window. Frightened, she ran outside.

When she opened the back door, the daughter again found herself face to face with the mother.

She tried to run, but her legs were heavy as lead. The paralysis had already begun, she thought. Resigned to the full effects of the gaze, she looked into the mystery of those pupils. But the mother extended her hand with an unusual expression on her face, and the daughter could not decipher its message.

The hand waited, and somehow the daughter knew that it would wait until she gave in. Though suspicious and terrified, she could not resist the silent invitation. Facing the unknown, she took a step forward and reached for the extended hand, and an overwhelming sense of belonging and calm filled her from head to

verdes pupilas. Pero la madre le extendió la mano con una expresión en el rostro que la hija no pudo descifrar.

La mano extendida esperaba, y la hija supo que esperaría así, extendida. Se debatió con la desconfianza, pero no pudo resistir la silenciosa invitación. Tomó la mano que se le ofrecía y sintió inmediatamente una tibia sensación de seguridad que le invadía el cuerpo. Se supo bajo un hechizo al ver desaparecer la quemadura. Un hechizo del cual ya no quería escapar.

Una suave neblina las envolvió mientras caminaban hacia la ceiba. Sus cuerpos se mezclaron con aquel tibio vapor y comenzaron a descender lentamente entre las esparcidas raíces del viejo árbol hasta que desaparecieron entre ellas por completo.

toe. The daughter realized she was under a spell as the burn disappeared from her hand. It was a spell she could endure forever.

A subtle mist rose around them as they walked hand in hand toward the *ceiba* tree. Their bodies were engulfed in a warm, moist cloud, and they began to descend into the earth, blending with the roots of the ancient tree until they disappeared completely.

Grandma's Heart

El corazón de la abuela

La mecedora emitía un chirrido irritante. Pero la abuela se mecía sin cesar, impulsándose con la cabeza, mientras se hacía la ilusión de que suministraba aire fresco a sus pulmones al mecerse y abanicarse.

Se abanicaba con una lámina de cartón pegado con grapas a una agarradera de madera. La lámina tenía impresa la imagen sangrienta de un San Lázaro cubierto de llagas.

La mecedora siempre estaba en el zaguán, un espacio húmedo y triste que mostraba marcas de inundaciones y de décadas sin una mano de pintura, y donde había un penetrante olor a orine y a moho. Pero la abuela prefería este lugar porque allí nunca llegaba la claridad del sol. La presencia del mal olor no era porque ella no tuviera control sobre su vejiga. No. Lograba aguantarse mientras arrastraba los pies hasta el baño cuando tenía ganas. O mejor dicho, arrastraba las patas, pues ella siempre les llamaba "patas" a sus extremidades inferiores.

La casa, profunda y fresca, lucía al fondo un soleado patio que penetraba la oscuridad con los destellos de gigantescas hojas de malanga. El antiguo tinajón cubierto de musgo, siempre rebozaba de agua de lluvia.

Los escalones frente a la casa eran muy empinados y estrechos, lo cual no permitía que la abuela saliera por su cuenta a observar la vida. No se podría trepar después, y alguien tendría que echársela a cuestas para subirla.

En la estrecha calle siempre se sentía un vaho de alcantarillado rebosante y aguas que se estancaban en profundas y oscuras cunetas. Por las mañanas, el hedor se mezclaba con los humos azulados de camiones desvencijado, cuyas velocidades tropezaban unas con otras y chirriaban como la voz de un gallo gigantesco que despertaba al vecindario.

Con el primer chancleteo del día, las vecinas iban y venían de la cola del pan con rulos en el pelo y raídos vestidos de algodón sin mangas, difundiendo noticias a voz en cuello sobre los comestibles que habían llegado al mercado.

La mísera distribución era controlada por medio de una libreta de racionamiento que se asignaba a cada familia. Alguna vecina siempre se brindaba para traerle la cuota a la abuela, y ella pagaba este servicio cambiando la leche a la cual tenía derecho por su avanzada edad, a favor de una ración de café adicional, pues creía que la cafeína era en algún modo responsable por su longevidad.

A la edad de noventa y siete, las patas vendadas de la abuela eran la más obvia señal de su deterioro. Las vendas siempre estaban manchadas de pus. Tenía úlceras varicosas que le abrían grietas en la piel y que se negaban a sanar. Las partes de las patas que no estaban cubiertas de gasas tenían el pellejo tirante y

The rocking of her chair produced an irritating screech. But the grandmother never stopped rocking, bobbing her head back and forth, perhaps harboring the illusion that she could infuse her lungs with more air by rocking and fanning herself.

Her fan, a piece of glossy cardboard stapled to a thin wooden handle, depicted a bloody Saint Lazarus covered with sores.

The rocker remained in the vestibule, a humid, droopy place. Its neglected walls displayed traces of floods and decades without paint. But the grandmother preferred to remain there, away from the sun's warmth, though the walls smelled of urine and mold. But the odor was not so apparent because the grandmother had lost control of some functions. No. When her bladder required it, she dragged her feet to the bathroom. Or rather, she dragged her "hooves," because that's what she chose to call her inferior extremities.

The rest of the house was deep and well ventilated, its heart a sunny patio where light reflected from giant *malanga* leaves and penetrated the hallway. The ancient *tinajón* covered with moss was filled to the brim with rain water.

The steps up to the house were too steep and narrow for the grandmother to leave her enclosure and observe life. She wouldn't be able to return without someone having to carry her up the steps.

The meandering street on which she lived was forever engulfed in an odor of sewer and festering water that stagnated for months in deep, dark ditches. At dawn, the stench mixed with the bluish fumes from dilapidated trucks that went by daily. Their rusty gears clanked painfully against each other, sounding like giant roosters and awakening the neighborhood.

With the first unhurried clacking of wooden slippers echoing down the street, the neighbors began to file to the bread line. At the top of their voices, women in curlers and flimsy housedresses spread the news about the meager goods that had just arrived at the market.

The distribution of scarce, low quality foodstuffs was controlled by careful entries in a little book assigned to each family. One of the neighbors often volunteered to bring what corresponded to the grandmother. She exchanged the milk assigned to her as an elderly person in favor of an additional ration of coffee, since she had lately come to believe that the brew was responsible for her longevity.

At the advanced age of ninety-seven, her hooves displayed the most obvious sign of decay in her body. They were bandaged, and the dressings were always

brilloso, como quemaduras ampolladas y a punto de reventar.

Ponía las patas en un banquito para aliviar la inflamación, lo cual no le impedía mecerse, impulsándose con la cabeza. El banquito se balanceaba también, en perfecto equilibrio, pegado a sus calcañales cubiertos de vendas húmedas. A cierta distancia, la abuela parecía una marioneta manipulada por hilos enredados que la dejaban atascada en un sólo movimiento.

-¡Jeeesús!- suspiraba abanicándose. Los ronquidos cavernosos producidos por su enfisema eran audibles desde cualquier punto de la casa.

-¿Cómo está hoy, abuela?- Le preguntaban.

Su silencio duraba exactamente siete segundos. Parecía pesar la pregunta para dar la respuesta justa, ni un gramo mas, ni un gramo menos. Pero siempre respondía con la misma pausa y en el mismo tono:

-Aaaquí, un poquito medio que regular.

Los pesarosos años de su vida no habían logrado suavizar la altivez de su rostro ni la dureza de su mirada. Su cabello, siempre apretado en un moño tras la nuca solamente veía la luz cuando, recién lavado con agua de lluvia del tinajón, era esparcido por una de sus hijas sobre el espaldar de su mecedora para secarse al sol. La blanca cascada parecía entonces un luminoso velo fantasmal.

Un día su médico le encontró algo tan extraño en el corazón que merecía estudio inmediato, según él. Dos de sus hijas se la llevaron a rastras para hacerle las investigaciones necesarias. Las radiografías de la abuela fueron entregadas al equipo soviético de cirujanos y patólogos en residencia cuya ignorancia en cuanto a las enfermedades propias del trópico no le impedían experimentar con los cubanos.

Los comentarios en casi perfecto castellano de los soviéticos fueron tomados muy en serio por todos, especialmente la abuela.

-¡Es del tamaño de una toronja! -exclamó el más parlanchín, quien parecía estar a la cabeza del equipo.

Uno de los nietos los había escuchado discutir en la privacidad de su idioma. A juzgar por su aparente fervor al expresarse, los doctores soviéticos diferían en opinión sobre la secuencia de posibles desenlaces y las dimensiones del fenómeno. Y entre otros sonidos propios del idioma ruso, la palabra, "Sputnik," le llamó la atención al joven, lo cual hizo crecer el globo más aún ante la imaginación de todos.

Su médico de siempre no podía creer que la abuela aún estuviera viva con semejante bomba dentro. El fue quien tomó la responsabilidad de aclararle a la paciente lo que la aquejaba, y lo hizo en términos que ella pudiera entender.

-Es como un globo así de grande, Doña Angustias, -declaró, formando un redondel con ambas manos-. No, mire usted, es una especie de burbuja gigantesca, un aneurisma de grandes dimensiones que se le ha formado a usted en la aorta.

-¡Jeeesús!

La abuela no sabía lo que era la aorta, pero sí lo que era un globo. Preguntó si se lo podían desinflar, y todos los soviéticos rieron a carcajadas.

Desde entonces la abuela se refirió a su globo como si se tratara de algo único y muy suyo. Llegó a sentirse orgullosa de él, como si fuera un trofeo. El

stained with pus caused by varicose ulcers. The swelling split her skin open and the painful craters refused to heal. A few areas of visible skin between layers of gauze were tight and shiny, like a blistering burn about to burst.

She kept her hooves up on a small stool to relieve the swelling, though this did not prevent her from rocking. She pushed with her head back and forth. The little wooden stool rocked with her, in perfect balance, stuck to the moist gauze on her heels.

From afar, the grandmother seemed a marionette pulled by tangled threads that allowed only a little mobility to one or two joints.

"*Jeeesús!*" She sighed, fanning herself. Her breathing, affected by emphysema, produced cavernous gurgles audible throughout the house.

"How do you feel today, Grandma?" someone would ask.

Her silence lasted exactly seven seconds. She seemed to weigh the question carefully to give a precise answer, not an extra gram one way or the other. But she always responded with the same calm, in the same tone:

"Ah... I guess I feel somewhat fair."

So many long, difficult years in her life hadn't softened the arrogance of her profile and the harshness of her gaze. Her hair, always imprisoned in a tight bun only saw the light once a week when one of her daughters washed it with rain water from the *tinajón*. Then, it was spread over the back of her rocking chair so it would dry in the sun, resembling a ghostly veil.

One day, her physician found something so strange in her heart that, in his assessment, deserved immediate attention. The grandmother was taken by two of her daughters to be examined in more detail. The resulting X-rays were delivered to a Soviet team of surgeons and pathologists in residence, whose ignorance of illnesses indigenous to the tropics did not prevent them from practicing on ailing Cubans.

The Soviets' comments, in almost perfect Spanish were taken seriously by everyone, especially by the grandmother.

"It's as big as a grapefruit!" exclaimed the most talkative of the doctors, and the one who seemed in charge of the group.

One of the grandmother's sons heard the Soviets discuss the matter in the privacy of their own language. Judging by their gestures, he gathered that they differed in opinion as far as the possible outcome and the dimensions of the phenomenon. Unable to understand their debate, one word that sounded like 'Sputnik' grabbed his attention, and his report to the rest of the family increased the size of the balloon in everybody's imagination.

Her regular doctor could not figure out how she could still be alive with such a time bomb inside. He assumed the responsibility of informing the patient about her condition, and he tried to do it in a way that she could understand.

"It's like a balloon —this big— *Doña* Angustias." He formed a large circle with his hands "No. Let me start again. It's a gigantic bubble, an aneurism of great dimensions that has developed in your aorta.

"*Jeeesús!*"

The grandmother did not know what the aorta was, but she did know about

hecho de que pudiera matarla de un momento a otro no figuraba en sus cálculos.

Sus vecinas comentaban entre susurros que tanto lo de las patas como lo del globo se le habían presentado a causa de los muchos brebajes e infusiones malignas que había preparado en su vida, mas los conjuros y maldiciones que había echado contra todo el que se le había puesto en el camino, y que ahora que estaba débil, se habían dado la vuelta en contra suya. Otras más piadosas decían que era que su difunto marido, un coronel del ejército de Batista, la llamaba desde el otro mundo.

-El Coronel era un imbécil, pero no estaba loco -decía la vecina de al lado-. No iba a quererla con él después de habérsele escapado, aunque hubiera sido a fuerza de volarse los sesos.

Entre cuentos y verdades, el globo fue inflado por todos, y era ya un personaje por derecho propio en toda la comunidad.

-¿Cómo va el globo abuela?

Pausa de siete segundos.

-Aaaquí, un poquito medio que regular.

Los soviéticos venían a visitarla casi a diario. A menudo cargaban con ella en brazos a través de los empinados escalones hasta la ambulancia, y de ahí a la clínica, donde quedaban boquiabiertos ante la imágen arrojada por el aparato de rayos X.

Se esperaba que el fin de la abuela llegaría en cuestión de días, pero luego se hizo obvio que sería cuestión de semanas, o tal vez meses.

La abuela se agarraba a la vida con ganas, meciéndose sin parar y abanicándose con el poco de energía que le quedaba. Parecía como si para ella la vida dependiera de su mecedora y su abanico, y que mientras éstos se movieran, ella seguiría viviendo.

-Ya les voy a enseñar a esos polacos lo dura que es ésta vieja.

-No son polacos -decía su yerno, riendo-. Son soviéticos.

-La misma cosa.

Dos años tras el diagnóstico, el fin tenía que estar cerca. La abuela se negó a ser ingresada en el hospital e insistió en esperar la muerte sentada en su mecedora. Esto alarmó a los médicos soviéticos, quienes temían perder la oportunidad de capturar el globo completamente inflado al morir su portadora. Pero fueron compasivos ante tantos familiares ansiosos.

La abuela se encomendaba a todos los santos, pidiendo perdón por sus pecados. A medida que la vida se le escapaba con cada aliento, se preguntaba qué habría al otro lado de la muerte, pues temía la más absoluta oscuridad.

Hubo que engomar el abanico. San Lázaro, ya cubierto de ungüento para las úlceras, portaba ahora una grapa de tamaño industrial que le cruzaba el pecho.

Parientes y amigos tomaron turnos para una vigilia continua. Algunos de los médicos soviéticos permanecían en la casa, atravesados en el camino, obstruyendo el tráfico de los familiares. Hubo quien empezó de espantarlos de alrededor de la abuela como si fueran moscas, pues con sus cabezotas calvas y sus gruesos pescuezos le bloqueaban el oxígeno.

Un domingo por la tarde, tras una larga espera, cuando toda la familia se amontonaba alrededor de la mecedora, la abuela emitió un ronquido prolongado.

-¿Ya? -preguntó uno de sus hijos, levantándose de la silla.

balloons. She asked the Soviet doctors if they could deflate it, and they all laughed out loud.

Since that day, the grandmother regarded her balloon as a possession, displaying a certain feeling of pride associated with it, as if it were some kind of trophy. The fact that it could kill her at any moment never figured in her thoughts.

Her neighbors commented that the condition of her hooves, as well as the balloon, were well deserved evils because of all of the concoctions she had prepared and all the spells that she had cast against anyone who got in her way. Now that she was old and weak, all the venom was returning to its source. More pious neighbors said that it was her dead husband, a colonel of the Batista army, calling her to his side.

"The Colonel was a moron but he wasn't crazy," her next-door neighbor said. "He wouldn't want her by his side after escaping from her clutches, even if he had to blow his brains out to free himself."

With the help of tall tales and half-truths, the balloon was inflated by all, and it became an entity in its own right throughout the community.

"How's the balloon, Grandma?"

Seven-second pause.

"Ah... I guess it feels somewhat fair."

The Soviets visited almost daily. They carried her in their arms over the treacherous front steps to an ambulance. At the clinic, the team of physicians stared at the image revealed by the X-ray machine, their mouths gaping.

Everyone expected that the end would come in a matter of days. Later however, the doctors settled for a life expectancy of several weeks, or even months.

The grandmother hung onto life with everything she had. Rocking incessantly, she fanned herself with the persistent trickle of energy she had left. It was as if her life depended of her rocker and her fan, and as long as they kept moving, she would keep on living.

"I'm going to show those Poles how tough this old woman can be."

"They're not Poles," her son-in-law would laugh out loud. "They're Soviets."

"Same thing."

Two years after her diagnosis the end was still expected at any moment. The grandmother, however, refused to go into the hospital and insisted that she would die in her rocker. The Soviets became alarmed, fearing they might miss the perfect opportunity to capture the balloon in full inflation immediately after the death of its hostess. But they soon toned their eagerness down in view of so many watchful relatives.

The grandmother prayed to the saints of her devotion, begging for forgiveness. As life escaped with each breath, she asked herself what could be at the other side of death, though she feared absolute darkness.

The fan was repaired. Saint Lazarus, already covered with soothing cream for the ulcers, now sported an new, industrial size staple in the middle of his chest.

Friends and relatives took turns keeping vigil. Some of the Soviet doctors remained in the house, clogging the hallway and obstructing the traffic of rela-

-No. Todavía no. -dijo una sobrina.- Creo que la vi pestañear.

-¡Jeeesús! -exclamó la abuela para confirmar que aún vivía. Pero enseguida estiró las patas, una primero, y otra después, quedando rígida por unos segundos antes de someterse al desprendimiento final.

Los soviéticos tropezaban unos con otros en su prisa por llevársela para hacerle la tan esperada autopsia. Casi saltaban de júbilo. Dieron sus condolencias de prisa, reprimiendo sonrisitas y sin quitar los ojos de su presa, que ahora parecía yacer en un sueño apacible.

Los familiares, exhaustos por la espera, y aliviados por su terminación, optaron por apartarse y dejarlos hacer lo que les viniera en gana. Vieron como la cabeza de la abuela se tambaleaba de un lado a otro con el tropel de los médicos al llevársela, hasta que el cuerpo desapareció tras las puertas de la ambulancia.

El globo nunca estalló. La abuela había muerto a causa de su avanzada edad y tal vez otras complicaciones sin relación directa con el fenómeno. El corazón, con globo y todo, no formó parte del funeral, sino que fue inmediatamente enviado a Moscú a bordo de un vuelo de Aeroflot en una neverita blanca que permaneció en manos de uno de los médicos durante toda la travesía.

La familia no tuvo tiempo de protestar la mutilación del cadáver, ni de siquiera expresar su opinión al respecto. Cuando el cuerpo les fue entregado para el funeral, venía con el pecho hueco, y cosido burdamente con gruesos hilos negros.

Dicen que el corazón de la abuela se haya maravillosamente conservado como espécimen ejemplar en un pequeño y oscuro museo médico en Moscú. Algunos cardiólogos cubanos que fueron allí a estudiar dijeron haberlo visto entre otros impresionantes fenómenos. Aún manifestaban su asombro al recordar su vital apariencia a pesar de su deformidad, pues el propio corazón era mucho más pequeño que la dilatada vena que se apropió de él.

Según los que lo vieron, al pié del frasco se puede leer en ruso, inglés, francés, alemán, y castellano:

ANEURISMA AÓRTICO DE GRAN MAGNITUD, DESCUBIERTO POR UNO DE NUESTROS EQUIPOS EN UNA MUJER CUBANA DE NOVENTA Y NUEVE AÑOS DE EDAD.

tives. Someone began to shoo them and wave around as if they were pesky flies —their huge bald heads and thick necks were also obstructing the path of badly needed oxygen for their patient.

One Sunday afternoon after several days of somber expectancy, with the family congregated around the rocker, the grandmother let out a lengthy snort.

"Already?" asked one of her sons, getting up from his chair.

"No. Not yet," answered a niece. "I just saw her blink."

"*Jeeesús!*" The grandmother exclaimed, as if to confirm that she was still alive. But then she stretched out her hooves, one first, then the other, and became rigid just before submitting to the final release.

The Soviets pushed everyone out of the way in their haste to take their prize and perform the long awaited autopsy. They almost jumped for joy, but held back smiles and gave hurried condolences, without taking their eyes away from their prey, who now seemed peacefully asleep.

The relatives, exhausted by the vigil and relieved by its conclusion, opted for getting out of the doctors' way. They watched the grandmother's head swing from side to side as the body was dragged away, and until it disappeared behind the ambulance's door.

The balloon never burst. The grandmother had died of old age and perhaps other complications that had little to do with the phenomenon.

Her heart, together with its famous balloon, did not go to the funeral. Instead, it was flown by Aeroflot to Moscow, inside a little white cooler that remained in the hands of one of the physicians throughout the long flight.

The family had no time to protest the cadaver's mutilation, or merely voice their opinion in the matter. When the body was finally delivered to them, its chest had already been hollowed out, and then sewn up sloppily with thick, black thread.

It is said that the grandmother's heart is very well preserved as a unique specimen inside a jar in a tiny, dark medical museum of Moscow. A few Cuban cardiologists who were sent to the Soviet Union for training had the opportunity to see it, together with a few other gruesome displays. The visitors were amazed by the muscle's vital appearance in spite of its deformity, as the heart itself was much smaller than the ballooning vein that took it over.

According to Cuban medical students, next to the container a prominent sign reads in English, Spanish, Russian, French and German:

ANEURISM OF GREAT MAGNITUDE, DISCOVERED BY ONE OF OUR TEAMS IN A CUBAN WOMAN NINETY-NINE YEARS OF AGE.

The Sylphs

Las sílfides

-¡A ver niñas, ésas barrigas!

La vara puntiaguda aguijoneaba las blandas zonas abdominales de niñas criadas con filete y leche.

-¡Observen! -demostró la Señorita Adelfa-. La mano derecha sobre la barra, ¡así! y la izquierda en la cintura, ¡así!

Para aquellas pocas niñas que tenían cintura aquello era fácil, pero para niñas como Goyita, la cintura era un lugar indeterminado entre los sobacos y el ombligo.

-¡Derechas!

Cuando las posturas lucían lo suficientemente incómodas y forzadas, la señorita Adelfa indicaba su satisfacción con un agudo '¡Yyyyy!' y un varazo sobre el piso de madera.

La escuálida pianista aporreaba el teclado con exagerados ademanes que ella parecía relacionar con la virtuosidad. Mientras tanto la señorita Adelfa, atenta a las posturas de las niñas, estiraba el cuello varias pulgadas por encima de los hombros, como una tortuga atisbando mas allá de su carapacho.

-¡Uno! (Varazo) ¡Dos! (Varazo) ¡Tres! (Varazo). ¡No, no, no, no, no, NNNOOOO! (Muchos varazos).

El piano enmudecía y el jugo biliar dentro de cada niña se solidificaba. En espera de la sentencia, todas cerraban los ojos y dejaban de respirar.

-¡Carmencita! ¡Te dije que así no, niña! ¡Así no, así nooo! Se hace sin doblar la rodilla. ¡Sin-do-blar-la-ro-di-lla!

La señorita Adelfa tiraba de sus alumnas por los brazos para apartarlas bruscamente de la barra.

-¡Quítense, que Carmencita lo va hacer ella sola así nos tome toda la tarde! ¡A ver, niña!

Carmencita hacía pucheros, conteniendo las lágrimas. Con el leotardo empapado en sudor, se puso en primera posición, agarrada fuertemente a la barra, con la espalda muy derecha. Al cerrar los ojos, dos lágrimas rodaron por sus mejillas mientras las demás alumnas se estremecían en conmiseración.

-¡Yyyyy!

Los hombros de la pianista amenazaban con dislocarse con los primeros acordes.

-¡Uno! ¡Dos! ¡Dos, te dije! ¡Dos, dos, dos! ¡Así no, niña! ¡Así nooooo!

Carmencita, ante las compadecidas miradas de las demás, cayó al suelo presa del pánico y abría la boca muy grande y cuadrada, sollozando ruidosamente y babeando como un bebé.

"And now girls... Suck in those stomachs!"

Miss Adelfa poked with her cue stick, creating ripples on the soft abdomens of little girls raised on whole milk and tender beef.

"Watch me!" She demonstrated. "Your right hand should be on the bar, like so! And the left on your waist, like so!"

For the few girls who actually had a waistline, that was simple enough, but for girls like Goyita, the waistline was an indefinite place between the armpits and the navel.

"Straighten up!"

When the postures appeared sufficiently forced and uncomfortable, Miss Adelfa indicated her satisfaction with a sharp, nasal "Eeeee!" and began banging with her stick on the wooden floor, keeping the rhythm.

The gaunt pianist beat the piano with exaggerated gestures that she seemed to equate with the true mark of a virtuoso. In the meantime, Miss Adelfa, attentive to the girls' postures and painful moves, stretched her neck several inches above her shoulders, like a turtle peeking out of her shell.

With each count, she hit the floor with her stick.

"One! (Bang!) Two! (Bang!) Three! (Bang!). No! That's not the way! Wait! Stop! No, no, no! (Bang! bang! bang!)"

The piano fell silent and the bile inside each girl turned solid. Awaiting sentence, they all shut their eyes tight, and held their breath.

"Carmencita! I told you not to do it that way, child! You have to do it without bending your knee! Do you understand, child? With-out-bend-ing-your-knee!"

Roughly, Miss Adelfa grabbed the girls by the arms and pulled them away from the bar.

"Move away, everyone! Carmencita is going to do it all by herself if it takes her all afternoon! C'mon, child! Let's see you do it!"

Carmencita puckered her lip and held back tears. Standing in the first position, with her back very straight, she held firmly onto the bar. When she closed her eyes, two tears rolled down her cheeks. The other girls cringed in sympathy.

"Eeeee!"

The pianist's shoulders threatened to pop out of their sockets with the first strident chords.

"One! Two! Two, I said! Two-two-two! Not like that, child! Not like that!"

Carmencita, before her classmates' compassionate gaze, fell to the floor in panic. Her mouth opened squarely, and she sobbed with all her heart, slobbering

-¡Ababa! ¡Aba-vivavaaaa! balbucía, sus labios distorsionados por la angustia.

La señorita Adelfa perdió los estribos ya del todo. Se llevó las manos a la cabeza, mirando hacia el techo, como en espera de asistencia celestial. Aún así, fue la única en entender el lenguaje histérico de Carmencita. Crispó las manos y se encaró con la pobre niña.

-¡Anda! ¡Anda y llama a tu mamá y de paso por favor dile que no te mande aquí más! ¡Eres un desastre y jamás podrás ser ballerina! Es un bendito milagro que puedas caminar con lo torpe que eres.

En toda la conmoción, Goyita —quien usualmente recibía los más severos embates artísticos de la maestra, sintió alivio. Pero también sentía pena por la víctima de turno.

Con hipos y temblores, la descompuesta Carmencita se apartó de la barra para refugiarse en la anonimidad del grupo.

La señorita Adelfa caminaba como animal enjaulado de un lado a otro del salón de espejos, sus desgastadas zapatillas apuntando en direcciones opuestas. Su cabello se sublevó, escapando de sus amarras. En cuestión de segundos se había convertirse en la enajenada Giselle, aunque con muchos años de más.

Las aterradas niñas en leotardos negros se amontonaban en un rincón, abrazadas a sus pequeños bultos de ropa.

-No conocen la disciplina y la dedicación, estas niñas malcriadas -alzaba los puños- La desconocen por completo. ¿Y por qué habrían de conocerla? No sé por qué pierdo mi tiempo con estas criaturas -al volverse de espaldas, siguió con tono solemne-. Cuando yo estudiaba bajo la dirección de la gran Alicia Alonso todos conocíamos el valor de su experiencia. ¡Aquello era disciplina! Hacíamos lo que se nos ordenaba y practicábamos a conciencia. ¿Por qué?- La maestra se volvió hacia las niñas, quienes dejaban de respirar, los ojos desorbitados por el terror-. Pues porque teníamos lo que había que tener para el ballet. Amor al arte y talento, ¡TA-LEN-TO! ¿Es que acaso saben ustedes lo que es talento? ¿Queda alguien con talento en este país?

La Señorita Adelfa terminaba marchándose del salón con los índices sobre las sienes y los meñiques apuntando al cielo.

-La lección ha terminado por hoy -escupía las palabras, mientras subía las escaleras-. Pueden llamar a sus mamás, pero no pienso hablar con ninguna de ellas. Me retiro a mi habitación.

La pianista metía sus hojas de música dentro de un enorme maletín, miraba a las niñas con desprecio, y se marchaba dando un portazo.

Ya para entonces, Gabriela, una de las niñas más pequeñas, había dado rienda suelta a su vejiga por miedo a pedir permiso. Luego se apartaba furtivamente del charquito y salía disparada a llamar a su madre.

Una vez que las niñas habían terminado con las llamadas, la asistenta de la Señorita Adelfa las empujaba al jardín delantero y cerraba la puerta a sus espaldas sin ceremonia alguna.

Goyita nunca llamaba a su mamá cuando era puesta en la calle antes de la hora acostumbrada. Esta vez tampoco lo hizo Carmencita, y ambas se sentaron a esperar por sus madres en el borde del portal. Goyita, secretamente avergonzada

like a baby.

"Ababah! My bab-bah!" It was impossible for her to form any clear words with her lips so stretched-out by anguish.

Miss Adelfa too, was beside herself. Her hands met above her head and she looked up at the ceiling, as if expecting divine assistance from there. Still, she seemed the only one who understood the basic language of Carmencita's hysteria. With her hands made into tight fists, she suddenly turned to face the source of her upset.

"Go ahead! Call your mamá! And while you're at it please tell her not to send you here anymore! You are a disaster! You will never be a ballerina! It's a blessed miracle that you can actually walk, you clumsy thing!"

In all this commotion, Goyita felt relieved, because this time it wasn't she who had to pay for the teacher's outbursts of artistic zeal. But she could not help feeling very sorry for the new victim.

Hiccuping and shaking, the distraught Carmencita moved away from the bar to take refuge within the group's anonymity.

Miss Adelfa paced the mirrored room from one end to the other like a caged animal, her worn slippers pointing outward. Her hair escaped its ties, and in a matter of seconds, she had transformed herself into a much older version of the demented Giselle.

Terrified girls in black leotards and pink tights huddled together in a corner, embracing their little bundles of clothes.

"None of you spoiled brats know discipline or dedication!" She shook her fist. "Why would you know anything about it? Why? And why should I waste my time on you?" Her tone became suddenly solemn, and she turned her back to the girls. "When I studied under the direction of the great Alicia Alonso, everyone knew the value of her instruction. That was discipline! We did what we were told, and we practiced every day, religiously. And why?" The teacher suddenly turned around to face her terror-stricken students once more. "We had what it takes for ballet! We had love for it, and we had talent! TA-LENT! Do you know what talent is? Is there anyone with talent around here? Is there any talent in this country anymore?"

Miss Adelfa started to walk out of the studio with her indexes on her temples and her pinkies pointing to the heavens. "The lesson is finished for today," she spat the words as she climbed upstairs to her quarters. "You may call your mothers to come and pick you up, but I'll talk to no one. I'm indisposed and retiring for the day."

The pianist stood up and stuffed the music sheets in her briefcase. She turned to look at the girls with disdain, and she too walked out, slamming the front door behind her.

By this time, Gabriela, the youngest of the group, had let her bladder loose for fear of asking for permission to go to the bathroom. She quietly shuffled away from the small puddle and dashed for the phone to call her mother.

When the girls were done with the phone calls, Miss Adelfa's housekeeper pushed them out into the garden, closing the door behind them unceremoniously.

del alivio que sintió cuando Carmencita, y no ella, cayó en las fauces de la Señorita Adelfa, le sonrió en son de apoyo.

-Odias el ballet, ¿verdad? -preguntó Carmencita.

-Sí. mi madre me obliga a venir.

-La mía también, -dijo, con la cabeza baja.

Ambas mantuvieron silencio por unos minutos. Pero de repente Carmencita se animó.- ¡Mira¡ -Le mostró a Goyita un paquete de chicle- ¡mi hermana me mandó esto de Miami. ¿Quieres uno?

-Bueno. Pero los atascamos en el cerrojo de la Señorita Adelfa cuando hayamos masticado bastante, ¿quieres?

-¡Sí! -Carmencita desplegó en aquel instante su primera sonrisa del día.

Las dos mamás llegaron a la vez desde direcciones opuestas, y enseguida adivinaron que algo había ocurrido al ver a sus hijas sentadas en el portal, aún en leotardos y mallas. Pero ambas mujeres se saludaron con amabilidad y esperaron pacientemente a llegar a casa para estallar.

Muchas madres consternadas habían tratado ya de telefonear a la señorita Adelfa con la esperanza de apaciguarla, y se irritaban aún más con sus hijas al encontrar la línea ocupada.

-La Señorita Adelfa está tan contrariada que ha descolgado el teléfono.

La mamá de Goyita estaba avergonzada. Después de todo, la señorita Adelfa había sido alumna de la gran Alicia y sus lecciones eran carísimas, naturalmente.

-Las niñas educadas deben aprender ballet -empezaba la mamá de Goyita-. Si, ya sé que no te interesa ni pizca ser ballerina. Pero por lo menos debes aprender a moverte con gracia y donaire para cuando seas presentada en sociedad... -Hizo una pausa, mordiéndose los labios-. Espero que eso suceda en Miami, pues con este gobierno ya no hay sociedad en que presentarte -Suspiró, mirando a su hija- . ¡Ay, m'ija! No pongas esa cara de mártir! Un día me vas a agradecer todo el empeño que pongo en hacer de tí una señorita. Ya verás. Si no te aplicas al ballet me vas a preguntar porqué no te obligué cuando tuviste la oportunidad, porque ya ha de ser muy tarde. Toda niña de buena familia debe aprender ballet. Yo hubiera dado cualquier cosa por una oportunidad así. Pero mis padres no podían pagarme lujos -se mordió el labio otra vez y se juntó las manos-. Tal vez no será igual en Miami. Quién sabe cuando podremos pagar clases de ballet allá -se paseó, frotándose las manos-. Eres muy desagradecida. Si, ya sé que lo que tu quieres es jugar baloncesto, que es un juego tan bruto. Las marimachos y deportistas no encuentran marido. Las niñas jugando esos deportes rudos y sudorosos parecen machos cabríos brincando. Las niñas deben prepararse para lucir lo mejor posible cuando les llegue la hora de casarse. Lo menos que puedes hacer es aprovechar la suerte que tienes. Las niñas...

Mientras su madre gesticulaba y se embarcaba en un interminable discurso, Goyita se hundía en el sillón favorito de su padre con un suspiro de alivio. Al menos allí no tenía que temer un sorpresivo varazo al no mantener la postura adecuada. Le resultaba reconfortante saber que por el resto de aquella tarde por lo menos, la rodearía lo conocido y predecible, lo que veía y oía cada día y cada noche. Conocía bien los discursos de su madre y había aprendido a abstraerse y

Goyita never phoned her mother when the class was dismissed before the regular time. And on this day Carmencita didn't do it either. Both girls quietly sat at the edge of the porch to wait for their mothers. Goyita, ashamed of her previous relief when Carmencita was at the mercy of Miss Adelfa's rage, smiled in solidarity.

"You hate ballet too, right?" Carmencita asked in a weak voice.

"Yes. My mother makes me. . ."

"Mine too," she lowered her head.

Both remained silent for a few minutes. But soon Carmencita seemed to perk up. "Look," she showed Goyita a pack of gum. "My sister sent this from Miami. Want some?"

"When we chew them up a bit, let's put the wads in Miss Adelfa's door lock!"

"Yeah!" Carmencita gazed at the front door and for the first time that afternoon, she smiled.

Eventually their mothers arrived at the same time, though coming from opposite directions. Recognizing that something was wrong upon seeing their daughters still in leotards and tights, sitting quietly on the front steps, the mothers did not react. They greeted each other politely, saving their feelings of annoyance for when they got home.

Several shame-faced mothers had already attempted to telephone Miss Adelfa, each hoping to be the one to calm her down. When they found the line busy, their frustration grew.

"Miss Adelfa is so distraught that she has left her phone off the hook!"

Goyita's mother was mortified. After all, Miss Adelfa had been a pupil of the great Alicia Alonso, which amply justified the steep price of her lessons.

"A well-educated girl must take ballet lessons," Goyita's mother started. "I know you don't want to be a ballerina. You don't have to say it again. The fact is that as a girl, you must learn to adopt feminine postures and graceful movements, and ballet is the best thing. When you make your debut in society, you must look the part." She paused for a few moments, biting her lip. "I hope this debut of yours will happen in Miami because here we have no fit society in which to introduce a young girl anymore." She sighed, looking at her daughter. "Don't put that martyr's face on. Everything we do is for your own good. One day you will remember my words and be grateful. One day you will ask me why I didn't force you to try harder when you had the chance. But then it would already be too late. All refined girls should take ballet lessons, that's all there's to it. I would have given anything to have that opportunity. But my parents couldn't afford those luxuries, like we can."

She paused again and bit her lip. "Maybe it won't be the same way in Miami. Who knows when we'll be able to afford ballet lessons again," she paced, wringing her hands dramatically. "You are being ungrateful. Yes, I know, I know that what you really want to do is play basketball, which is such a violent game. Tomboys and girl athletes don't get married because men don't like girls like that. Girls playing tough sports look like sweaty male goats jumping around. Girls must cul-

soñar despierta durante aquellos chaparrones, manteniendo una apariencia contrita y la cabeza baja.

Sus dedos jugaban con los botones del sillón de cuero. Allí siempre encontraba picadura de tabaco procedente de la pipa de su padre. Las diminutas partículas quedaban atrapadas entre los pliegues y en las esquinas del sillón. Goyita las extraía cuidadosamente y se las metía en la boca. Se maravillaba de cómo una pizca de tabaco tan pequeña podía quemar tanto sobre la lengua. Mientras paseaba briznas de picante tabaco por sus encías, Goyita viajaba sobre las alas de su imaginación.

Se veía a si misma como una famosa comediante, remedando su más aborrecido ballet, *El lago de los cisnes*, al cual renombraba *El charco de los patitos feos*. Se colocaría plumas de aura tiñosa sobre la cabeza, o haría que le confeccionaran no ya un tutú, sino un verdadero disfraz de pato con tutú.

Emplearía a sus compañeras de infortunio para que se incorporaran a un ridículo *corps de ballet* que obedecería a una coreografía creada especialmente para burla de la danza.

Su mente entraba a una nueva dimensión lejos del discurso de su madre y de las insufribles lecciones. Era una dimensión de grandeza, de gloria, de diversiones para los públicos de todo el mundo. Estruendosos aplausos y alegres carcajadas retumbaban en sus oídos, ahogando ya del todo la letanía materna.

Su madre podría ocuparse de los vestuarios para *El charco* si así lo deseaba. ¿Acaso no disfrutaba mucho la costura y las labores domésticas propias de una mujer de buena familia? ¿Acaso no admiraba su madre las delicadas puntadas de los vestidos más finos? Bueno, pues se sentiría feliz de que se le diera la oportunidad de ver su nombre en el programa, aunque fuera en letras muy pequeñas.

Goyita no guardaba rencores.

tivate their beauty and femininity for when the time comes for them to get married and make their husbands proud. The least you can do is take advantage of how fortunate you are. Girls..."

While her mother continued delivering her customary speech, Goyita sank in her father's favorite chair, breathing a sigh of relief. At least there she didn't have to fear the poking of the cue stick in her lower back. It was comforting to know that at least for the rest of that day she would be surrounded by the familiar, what she saw and heard every day, and every night. She knew her mother's speeches very well, and she had learned to let her thoughts wander while she still appeared to listen in contrition, her head low.

Her fingers played distractedly with the buttons of the leather chair. She always found tobacco from her father's pipe trapped within the folds and corners of the seat. She carefully extracted the particles and slipped them into her mouth. It filled her with wonder to think of how such a diminutive speck could have such a strong, spicy flavor that remained on the tongue for a long time. Her imagination took flight, while keeping her mouth busy playing with tobacco clippings.

She saw herself as a world-famous comedienne, poking fun at the ballet *Swan Lake*, which she had re-named "Ugly Duckling Puddle." She would adorn her head with duck feathers, and have not simply a tutu made with them, but a complete duck suit, with a tutu.

She could talk some of her classmates into joining an absurd *corps de ballet*. They would all enjoy dancing to a choreography especially created to make fun of ballet.

Her mind entered a new dimension, far away from her mother's sermon with all of its drama. It was a dimension of greatness, of glory, of fun and entertainment for all audiences of the world. Deafening applause and laughter echoed all around her, completely drowning her mother's distant litany.

Her mother could dedicate her spare time to the creation of costumes for "Ugly Duckling Puddle." Didn't she love sewing and everything related to traditional women's work? Didn't she admire tiny, undetectable stitches and finely cut dresses, blouses, and skirts? Well, she should be happy to be given the chance to see her name in the program, even if it appeared in very small characters on the back of it.

Goyita held no grudges.

From Central America, With Love

Desde Centroamérica, con amor

Al andar, Fico silbaba una alegre tonada que había oído en el mercado de Don Rosendo. La tierra bajo sus plantas estaba blanda y fría, y los bajos de sus pantalones arrastraban, pesados de humedad y tortas de barro.

Todo olía limpio y fresco. Las ranas cantaban, celebrando el reciente aguacero, uniéndose al sonido de los grillos y saltamontes. Su coro rugía como una escuadra de tractores y arados diminutos que hicieran surcos entre la hierba, donde no se les podía ver.

A Fico se le antojaba que hubiera pequeñas ranas y escarabajos agricultores que guiaban diminutas máquinas de cultivo. Quizás fueran ellos los cosechadores del musgo, los pequeños hongos, y las frutillas que crecían al borde de los caminos.

El vuelo de su imaginación fue cortado por el impacto húmedo de una bola de barro en el cogote, seguido por la voz chillona de su primo Menelao.

"Estás muerto, canalla!"

Corrió para ponerse a resguardo, cuando otra bola certera le pegó en la oreja, dejando un timbrar en su oído que tardó en apagarse. Apenas tuvo tiempo de recoger dos puñados de barro con qué defenderse, cuando otro puñado lo alcanzó en medio del pecho.

Tomando refugio detrás de un arbusto, Fico respondió con enlodados proyectiles, y así la batalla continuó hasta que ambos quedaron sin resuello, cubiertos de lodo, tumbados bajo un árbol cargado de lluvia.

-Gané -dijo Menelao, muy seguro de sí mismo.

-No. Gané yo. Mira como te puse. No creo que puedas entrar al pueblo así.

-¿Y tú? Pareces un chancho. Ni tu madre te reconocería.

-¿Qué dices tú de mi madre? -desafió Fico, levantándose con los puños en alto.

-No seas idiota. Es mi tía y puedo hablar de ella cuando quiera. Siéntate.

Camino al río crecido saltaron charcos y se empujaron mutuamente en ellos. De cuando en cuando brincaban para alcanzar y sacudir ramas cargadas de lluvia sobre sus cabezas.

Se sentaron sobre una roca resbalosa que sobresalía como un balcón por encima del río, pero los asustó un poco el rugido estruendoso de la corriente. Se bajaron enseguida, recordando al ahogado del año anterior, un forastero que se había emborrachado donde Don Rosendo y luego se había ido a nadar en el río. Mucha gente había visto como lo arrastró la corriente. El cuerpo golpeaba contra las rocas y se enredaba entre las raíces de los árboles. Dos hombres trataron de sacarlo pero no pudieron, y la corriente lo llevó río abajo con las ropas en hilachas.

As he walked, Fico whistled a catchy tune he had heard at Don Rosendo's market. Under his feet the earth felt squishy, wet, and cool. The hem of his pants dragged, heavy with moisture and caked with mud.

Everything smelled clean and fresh, as joyous choruses of frogs celebrated the recent downpour. Fico imagined that the buzzing of crickets and grasshoppers sounded like squadrons of tiny plows and tractors that cultivated moss, mushrooms, and the tiny fruit that grew at the side of the road and in the grass.

His reveries were suddenly interrupted by the impact of a ball of mud that hit him on the back of his neck, followed by Cousin Menelao's piercing voice.

"You're dead, scum!"

Fico ran for cover as another well-aimed handful hit him on the side of his head. The impact left a ringing in his eardrum that took a long time to dissipate. He barely managed to pick up two handfuls of mud to defend himself before another projectile reached him in the middle of his chest.

Taking refuge behind a bush, Fico responded with drippy handfuls of his own, and the battle continued until both boys were out of breath and covered with mud, lying under a drizzling tree.

"I won," said Menelao, matter-of-factly.

"No. I won. Look at you. They won't let you back in town like that."

"What about you? You look like a pig. Your mother won't recognize you."

"Talking about my mother, huh?" Fico stood up with his fists poised for a fight.

"Don't be an idiot, she's my aunt, I can talk about her. Sit down."

On their way to the swollen river, they hopped over puddles or pushed each other in them. From time to time they jumped up to reach branches heavy with rain, and shook them above their heads.

They sat on a slippery rock that stuck out over the river like a balcony, but the deafening roar of the current frightened them. They stepped down, recalling the man that had drowned there the previous year. The stranger had gotten drunk at Rosendo's and then gone swimming. Everyone watched as the current dragged him away. His head hit hard against the rocks and his bódy became tangled among roots near the shore. Two men managed to dislodge the body but could not raise it from the water. The body continued down-river, its clothes in shreds. That image remained etched in the boys' memories, and helped them develop a healthy amount of respect for the river's power.

As they threw rocks into the current from a prudential distance, they turned

Aquella imagen había quedado grabada en sus memorias, y ambos desarrollaran respeto por la implacable fuerza de la corriente.

Mientras tiraban piedras a cierta distancia de la orilla, los troncos, ramas, y cocos secos arrastrados por el río se transformaban en navíos enemigos como los que habían visto en las películas. Pero el calor de la batalla mermó cuando se dieron cuenta de que la noche estaba por caer.

Como los mayores siempre estaban de buen humor después de la lluvia los muchachos emprendieron el regreso sin temor a que el abuelo los estuviera esperando caña en mano para darles una paliza.

-Vamos a tener buena cosecha -el padre de Fico había dicho aquella mañana entre sorbo y sorbo de humeante café-. Tendremos bastante lluvia.

El abuelo, quien decía poder oler la prosperidad en el aire, decía que hasta las piedras estaban húmedas por dentro, y que eso era una buena señal.

En casa estaban en plena celebración por la visita de tía Arcadia, quien había traído regalos de la capital.

Los muchachos corrieron a lavarse, y una vez limpios, contemplaron y olieron los regalos. Todos eran cosas de mujeres. Botes de remedios para las arrugas, así como olorosos talcos y lápices de labios. Estos eran chistosos. Se parecían al pipí de un perro. Si se les daba vuelta se le podía hacer entrar y salir del estuche.

-¡Muchachos! -exclamó la mamá de Menelao, al reparar en la picardía de sus risotadas-. ¡No sean cochinos!

Crema Limpiadora, leyó Fico en la etiqueta de uno de los frascos. Se horrorizó de que su madre quisiera usarla con él. Siempre le decían que tenía que limpiarse detrás de las orejas y que dejara de reñir con el jabón. Por eso dedujo que si la crema era limpiadora, su mamá iba a querer embadurnarlo detrás de las orejas con ella.

Buscó una vía de escape por si llegaba el caso, pues si sus primos lo pillaban perfumado las bromas no terminarían nunca. Pero aún nadie había mencionado sus orejas, y ya iban a sacar comida de la cocina. Estaba muy hambriento.

Durante la cena Fico y Menelao se comieron cuanto les pusieron delante mientras peleaban furtivamente a patadas debajo de la mesa.

Los mayores reían y se hacían bromas, felices de estar todos juntos con la tía Arcadia. Hasta el abuelo payaseaba, dándole la vuelta a la mesa, meneando las nalgas como la tía, tocado con el paraguas nuevo de colores que ésta había traído para la mamá de Fico.

Después de zamparse el arroz con leche, los muchachos se excusaron, se levantaron de la mesa y salieron a jugar. Empezaron a dibujar gente desnuda sobre el cemento del portal con pedazos de tiza robados de la escuela. Se revolcaban de risa al ver los resultados.

-¡Esta es la prima Yesenia en cueros! -Gritó Fico, entusiasmado.

-¡Mentira! ¡Ella tiene las tetas más grandes que ésas!

De pronto Fico contuvo sus ruidosas carcajadas para poder prestar atención a la conversación de los mayores, que se había vuelto susurros. Esto significaba que se estaban contando cuentos pícaros. Pegó la oreja a la puerta, y oyó a su padre decir algo sobre muchos muertos a causa de un tiroteo en un pueblo con

the passing branches, sticks, and coconuts into enemy ships like the ones they had seen at the movies. But the heat of the battle suddenly decreased as they realized darkness had began to fall.

Since grown-ups were always in such a good mood after the rain, the boys knew that Grandpa would not be waiting for them at home with a cane whip in his hand.

"We're going to have a good harvest this year," Fico's father had said that morning between sips of steaming coffee. "We'll have plenty of rain this season."

Grandpa, who swore he could smell prosperity in the air, said that even the rocks were moist inside, and that was a good omen.

At home they found everyone celebrating the visit of Aunt Arcadia, who had brought presents from the capital.

The boys washed and changed their muddy clothes before joining the others at the table, where they inspected and smelled the presents. They were mostly women things. Jars of goop, talcum powder and various shades of lipstick. These were very funny because they looked like the pee-pee of a dog. If they worked it right they could make the lipstick go in and out, in and out...

"Boys! Would you stop playing with that?" Menelao's Mother had noticed their giggles. "You are such pigs!"

Cleansing Cream, Fico read on one of the containers, and hoped that his mother would not try it on him. He was often told to wash well behind his ears, and to make peace with soap. If the creams were "cleansing," there was a chance that someone would want to plaster it behind his ears.

He thought of an escape route in case he had to run. If his cousins caught him perfumed he would have to endure their ridicule for a long time to come. But no one had mentioned his ears yet, abundant food was coming from the kitchen, and he was famished.

During supper Fico and Menelao ate everything within their reach, while furtively kick-fighting under the table.

The adults laughed and joked with each other, happy to have Aunt Arcadia among them. Even Grandpa was clowning, prancing around the table, swaying his rear like Aunt Arcadia, while holding the colorful umbrella that she had brought as a present for Fico's mother.

After devouring the rice pudding, the boys excused themselves and went out to play. With two pieces of chalk stolen from school, they began to draw naked people on the porch's cement floor. They roared with laughter.

"This is cousin Yesenia, naked!" Fico yelled, pleased with his rendering.

"No way! Her tits are much bigger than those!"

After rolling on the floor a bit, Fico suddenly contained his laughter. The conversation in the house had turned to whispers, which usually meant the grown-ups were telling dirty jokes. He pressed his ear against the door and heard his father talk about a gun fight that had left many dead in a town with the name of a saint, not far from there.

"What are they talking about?" Menelao joined him by the door.

"Something about a shoot-out."

---

nombre de santa, no lejos de allí.

-¿Qué dicen?- Menelao se acercó.

-Algo sobre un tiroteo.

-Quisiera ver uno de cerca.

-Pues yo no.

-¡Gallina!

-El gallina serás tú, que te harías caca de solo oír un tiro de lejos.

-¡Nah!

La abuela le estaba preparando la cama de Fico a tía Arcadia. El dormiría con Menelao. A ambos les gustaba dormirse arrullados por las últimas conversaciones de los mayores, quienes siempre tenían algo gracioso de que hablar y reírse ya pasada la medianoche. Fico nunca se enteraba de los últimos chistes ni escuchaba los últimos pedos y carcajadas, pues caía en un sueño profundo llevado arrullado por la fresca brisa que entraba por la ventana entreabierta.

Casi al amanecer, los perros del pueblo empezaron a ladrar con alarma. El papá de Fico salió en paños menores para asomarse por la ventana de la sala seguido de el abuelo, y el tío Oscar, el papá de Menelao.

Potentes luces venían acompañadas de un gran estruendo de motores, frenazos y carreras.

-Es un camión militar -dijo el abuelo, quien se agazapaba en calzoncillos detrás de la ventana.

Todos corrieron en tropel dentro de la casa sin saber qué hacer.

Dos hombres gritaban órdenes afuera, entre golpes y gritos procedentes de la casa vecina. Y luego un breve silencio.

Los mayores volvieron a las ventanas, y se agacharon para atisbar sin ser vistos. Y fué en aquel momento cuando dos disparos penetraron la noche, y en un instante la puerta principal fue derribada de un solo golpe.

****

Fico se sentó muy asustado. Pero ya no estaba en la cama de Menelao. No se oían ladridos, ni las órdenes de los soldados, ni las voces asustadas de los mayores. Tampoco había ya la frescura de lluvia en el aire ni se oían los cantos de las ranas.

Fico sintió que su corazón quería salirse de su pecho, como si hubiera corrido sin parar desde muy lejos. Lo envolvió una ola de angustia que amenazaba con ahogarlo. Y recordó donde estaba.

Escondió su rostro en la almohada para que nadie lo oyera llorar. Ahora todos estaban tristes y preocupados y se enojarían mucho si descubrían que lloraba.

Tuvo ganas de montar una rabieta como cuando era pequeño. Entonces todos lo querían levantar en brazos para calmarlo y darle todo cuanto quisiera. Pero de nada le serviría ahora. Fico no era pequeño ya, pues tenía diez años. Le decían que ya era un hombre y que su deber era ayudar y no molestar con sus majaderías porque no había tiempo para esas cosas. No había tiempo para él. Su papá siempre regresaba demasiado cansado y malhumorado del trabajo. Decía que lavar platos en un restaurante era mucho más trabajo que doblar el lomo de sol a sol para cultivar café. Su mamá tampoco le daba el beso de por la noche porque se lo encontraba ya dormido cuando llegaba de cuidar los niños de otra

"I'd like to see one."

"I wouldn't."

"Chicken!"

"You're the one who would turn to chicken poop if you heard one shot a block away."

"Nah!"

Grandma was preparing Fico's bed for Aunt Arcadia to spend the night. He would sleep with Menelao. Both loved to fall asleep lulled by the last conversations of the grown-ups. They always seemed to have something funny to talk and laugh about until way past midnight. Fico could never hear the last jokes, farts, and guffaws, because he would fall asleep too quickly in the cool night's breeze that entered through the window slats.

Near dawn, the village's dogs began to bark with unusual alarm and Fico's father scrambled out of bed half naked to look through the living room windows, followed by Grandpa and Uncle Oscar, Menelao's father.

Potent lights flashed here and there, accompanied by brake screeches and grinding gears.

"It's a military truck," Grandpa said, crouching behind the window in his underwear.

Everybody began to run in circles inside the house, not knowing what to do.

Outside, two men yelled orders, followed by blows and screams coming from a neighboring house. And then, silence.

The grown-ups went back to the windows, trying to see without being seen. And then, two shots pierced the night, and the front door was pushed off its hinges with one terrifying blow.

****

Fico sat up, frightened. But he was no longer in Menelao's bed. There were no barking dogs, or soldiers yelling orders, or the screams of his relatives. Neither were there the freshness of the recent rain, or the choruses of frogs.

With his heart threatening to jump out of his chest, Fico felt as if he had run from very far away, and the knot in his throat made breathing difficult. And he remembered where he was.

He hid his face in the pillow so nobody would hear him sobbing. Everyone was sad and worried now, and they would become angry with him if they saw him cry.

He wished he could throw a tantrum, like when he was little. Back then everybody wanted to take him in their arms, calm him down and give him anything he wanted. But it was no good now. Fico was not little anymore. He was ten years old. They told him that as a man it was his duty to help out and not bother anyone with childish behavior. There was no time for sissy whining. There was no time for him. His father always arrived from work exhausted, and in a very bad mood. He said that washing dishes in a restaurant was harder work than bending one's back sunrise to sundown growing coffee back home. His mother didn't tuck him in bed or kissed him goodnight anymore because he was always asleep by the

gente.

Su hogar ya no era una casita blanca llena de los aromas de la sartén donde su abuela preparaba las tortillas. Ahora vivían en un apartamento oscuro de dos dormitorios, amontonados encima de tío Salvador, tía Vilma y sus tres hijos. Y sin abuela.

Sólo había dos ventanas de cristales agrietados que daban a una calle sucia donde la sirena de la policía los despertaba varias veces cada noche. Ahora vivían en el norte.

Sus padres decían que pronto ahorrarían lo suficiente para mudarse a un sitio para ellos tres. Con el tiempo iban a poder traer a los abuelos, y tal vez al resto de la familia. Pero para eso aún faltaba mucho.

Ultimamente su papá había empezado a beber mucho y a reñir con la mamá. Ya no era el mismo papá de antes. Parecía que lo habían cambiado por otro parecido, pero que no sabía reír ni hablar sin decir palabras feas.

Ahora todo les daba miedo y tristeza. Echaba de menos a los abuelos, a los tíos, y a los primos, sobre todo a Menelao. A veces no podía dormir pensando en ellos y los peligros que los acechaban en el pueblo. Cuando al fin quedaba dormido siempre soñaba con su vida de antes, cuando no tenía de qué preocuparse. Pero ahora hasta sus sueños más entrañables terminaban en susto.

Tarde o temprano tendría que ir a la escuela en el norte. Era la ley, según decía su tío Salvador. No podía usar el pretexto de que tenía que ayudar a su papá a recoger el café como lo hacía en su país, porque no había café que recoger. El café que se bebía en el norte venía en bolsas y latas, ya todo tostado y molido. No había siquiera un sembrado cercano que cuidar y contemplar.

No le permitían ir a ver a su papá mientras éste trabajaba en su nuevo empleo entre grandes máquinas de lavar platos. Tampoco podía ayudar a su mamá a cargar sus bultos cuando iba al trabajo. Ella tenía que tomar dos autobuses para llegar a donde vivían los niños rubios que se quedaban dormidos en sus brazos y se le orinaban encima casi a diario.

Ya la tía Vilma lo había llevado a que le hicieran un examen físico antes de ingresar en la escuela. Fico había refunfuñado, protestado, amenazado con morirse, y hasta vomitado, pero al final tuvo que ir de todas maneras.

Se sorprendió mucho cuando lo recibió una joven doctora. Le habló en español y le preguntó su opinión sobre la música que venía de unos agujeros en el techo, y hasta le pidió disculpas cuando le escarbó en la cabeza en busca de piojos.

A Fico le gustó mucho la doctora. Era bondadosa, amistosa, y bonita, ¡y era Americana!

-Aquí está mi número de teléfono -dijo, dándole una tarjeta que Fico puso con cuidado en el bolsillo de su camisa-. Prométeme que me llamarás si te sientes enfermo.

-Se lo prometo.

time she came home from taking care of other people's children.

His home was no longer a little white house filled with pleasant aromas and the hissing of a frying pan where his grandmother made *tortillas*. They now lived in a dark apartment of two bedrooms, where they piled on top of Uncle Salvador, Aunt Vilma and their three children, and without grandma. The apartment only had two windows with cracked glass panels over a dirty street where police sirens disturbed their sleep many times during the night. They lived "up north" now.

Fico's parents said that as soon as they could save some money, they would move to an apartment for the three of them. Later they would be able to send for the grandparents and maybe even the rest of the family. But all that seemed a very long way off.

Recently, his father had started to drink too much and to fight with his mother. He wasn't the same Papá he used to know back home. It was as if they had switched him for another one who didn't know how to laugh or how to speak without swear words.

Everything was really scary and sad now. Fico missed his grandparents, the aunts and uncles, and the cousins, especially Menelao. Sometimes he couldn't sleep thinking of them and the dangers back home. When he finally fell asleep he usually dreamed of his previous life, when he didn't have anything to worry about. But even his dreams of the home he used to know turned frightening, and he always woke up filled with dread.

Sooner or later he would have to go to school. In the north it was the law, according to his Uncle Salvador. The excuse of having to help his father pick coffee like he did back in his country wouldn't work because there was no coffee to pick. The coffee they drank up north came in bags or cans, already roasted and ground. There was not even one coffee plantation close by to look at.

He was not allowed to help his father in his new job with the giant dishwashing machines. Neither could he carry his mother's bags when she went to work. She had to take two buses to get to the big house where she took care of blond children who fell asleep in her arms and who peed on her clothes almost every day.

Aunt Vilma offered to take Fico for his physical exam for school. He protested, threatened with dying, and even forced himself to vomit. But at the end he had to go anyway.

He was surprised when a young woman doctor greeted him. She spoke to him in Spanish and asked his opinion about the music that came through holes in the ceiling. She even apologized when she had to search for lice all over his scalp.

Fico liked the doctor. She was kind, friendly and pretty, and she was an American!

"Here's my phone number," she said, giving him a card that he slipped carefully in his shirt pocket. "Give it to your parents and promise you will call me if you don't feel well."

"I promise."

Le dolía la barriga el primer día de escuela. Le sudaban las manos y sentía cosquilleo por las piernas y las plantas de los pies. Pensó en llamar a la doctora pero no creía que nadie, ni ella, pudiera curarlo. Lo único que lo podía sanar era el no ir a la escuela. Y como no podía ser, se resignó y comenzó a prepararse para lo inevitable.

Muy temprano su mamá le planchó sus pantalones negros de viaje, los mismos que llevaba al dejar su país. El se ocupó de dar brillo a sus mejores zapatos. Luego se abotonó hasta el último botón de la blanca camisa, se aplastó el pelo con agua, y fue a darle un beso a su madre. Por último se miró un momento al espejo, hizo una mueca de asco y, cuaderno en mano, emprendió camino hacia la escuela vecina, donde no hablarían su idioma y donde tendría que quedarse a almorzar.

Se detuvo frente a la escuela. A Fico le pareció que la puerta principal era una gran boca que tragaba niños. Todos entraban y ninguno salía. Al entrar sintió que se perdía por los pasillos y recovecos como una semilla de mango buscando la salida dentro de las tripas de una vaca.

Como no sabía qué hacer ni a dónde ir, decidió recostarse a la pared y esperar a que alguien le dijera lo que debía hacer.

Pasaron dos niñas por su lado hablando en español. Aliviado, se les acercó en son de amistad, pero ellas se apartaron de él, lo miraron de arriba a abajo y se rieron, escondiendo los rostros detrás de sus carteras.

Herido y avergonzado, Fico se alejó de ellas y se recostó a una pared pintada con mariposas y flores a esperar pacientemente. Varios niños pequeños llamaban a sus madres a gritos y otros lloraban calladamente, pero con desconsuelo. Las cosas no auguraban bien.

Una maestra muy flaca apareció de repente y le echó una mirada. Enseguida lo agarró del brazo y lo llevó a rastras a un salón de clase donde había otros niños como él, con el pelo aplastado. Algunos llevaban sus mejores ropas y hablaban español, pero Fico no se atrevió a mirarlos siquiera. Se sentó en el primer asiento que encontró vacío, deseando ser invisible, por miedo a que se rieran otra vez de él.

La maestra flaca empezó a recitar nombres y los niños contestaban diciendo "presente." Su nombre verdadero, Federico, se había convertido en algo así como "Freduicou," y su apellido había quedado irreconocible. La maestra le habló a gritos, como si fuera sordo, pero aún así no la entendía porque ella hablaba español como si tuviera la boca llena de frijoles calientes.

A hurtadillas empezó a observar a los otros niños, cuidándose mucho de no llamar la atención. Se sintió más alentado cuando vio que los demás tampoco entendían a la maestra flaca, ni cuando decía sus propios nombres, y que parecían tener tanto miedo como él.

Uno de los niños más pequeños estaba tan nervioso que vomitó, dejando un olor nauseabundo en el aire. Fico se alegró de no haber desayunado, pues hubiera vomitado también. Lo único que pudo probar aquella mañana fue una tortilla con queso que le había preparado su madre, pero se le había hecho una bola en la boca y no pudo tragar. Escupió en el inodoro y descargó.

Una niña se dejó caer en el asiento más próximo a Fico. Parecía a punto de

Sueños y otros achaques

He had a belly ache the first day of school. His palms were sweaty and he felt chills up and down his legs and back. He thought of calling the pretty doctor, but he didn't think anyone, not even she, could cure his illness. The only thing that could have helped him feel better was staying home from school. But that couldn't be. He accepted his fate and braced for the inevitable.

Very early that morning his mother ironed his black travel pants, the same he wore on his trip north. He polished his best pair of shoes, buttoned the last button on his white shirt, and flattened his hair with water before kissing his mother goodbye. Then he peeked at himself in the mirror and grimaced in disgust. With his book bag under his arm, he walked out in the streets toward the neighboring school, where few spoke his language and where he had to stay for lunch.

The school was huge. Fico imagined that the main door was a giant's mouth that swallowed children. Many went in, and none came out. He entered timidly, and felt lost in the hallways, like a mango seed in the guts of a cow, searching for the exit.

Since he had no clue as to what to do or where to go, he decided to lean on the wall and wait for somebody to take care of him, or at least speak to him.

Two girls passed by, speaking Spanish. He felt relieved and walked toward them with a friendly smile, but they backed off, looked at him up and down and laughed out loud, covering their faces with their book bags.

Hurt and ashamed, Fico walked away to stand by a wall painted with colorful butterflies and flowers, where he waited patiently. Several little children were screaming for their mothers, while others cried quietly. Things did not augur well so far.

A skinny teacher suddenly appeared out of nowhere and took one look at him. She grabbed him and dragged him by the arm to a classroom down the hall where other boys like him, with their hair flattened, gathered. They too were wearing their best clothes. Some were speaking softly in Spanish, but Fico didn't dare look directly at them. Instead, he sat quickly on the first empty seat he found, and pretended to be invisible, for fear of being laughed at again.

The skinny teacher began to call names, and the children answered *"presente."* Fico's real name, Federico, had turned into 'Fredricou,' and his last name was completely unintelligible. The teacher yelled as if he were deaf, but still he couldn't understand. She spoke as if her mouth were full of hot beans.

Sneaking glances at the other children, Fico was careful not to attract their attention. He felt a little better when he saw that the others did not understand the skinny teacher either, not even when she called their names. Everyone seemed as frightened as he was.

A girl slumped in the chair next to him. She seemed about to burst into tears. She looked down, her lower lip trembling. Fico found her very pretty, with a tiny nose that reddened by the minute, and long, wet eyelashes where her tears had been caught. Her black hair was long and lustrous, and she kept it tied in a beautiful braid.

Waiting until the skinny teacher turned her back, Fico scooted his chair closer to the sad girl. When he looked at her face, her tears were reaching her chin.

llorar. El labio inferior le temblaba, y Fico se compadeció de ella. Era muy bonita, con una naricita pequeña que se ponía cada vez más roja, y largas pestañas muy húmedas de tantas lágrimas atrapadas. Tenía el cabello largo y negro, recogido en una hermosa trenza.

Esperó a que la chillona maestra estuviera de espaldas para acercar su silla a la niña triste. Cuando la vio de cerca, pudo notar que sus lágrimas ya le rodaban hasta la barbilla.

-No llores -le habló suavemente, inclinándose un poco para verle la cara.

Ella lo miró con los ojos tan tristes que Fico sintió que se derretía.

-¿Por qué lloras?

-Es que no me gusta la escuela. -Su voz se quebraba al hablar-. Prefiero quedarme en casa.

-Yo también.

-No conozco a nadie aquí.

-Me conoces a mi, podemos ser amigos. Me llamo Fico.

La niña lo miró agradecida y se limpió las lágrimas con el dorso de la mano.

-Yo me llamo Mariluz.

Fico se sintió fuerte, y cuando Mariluz le sonrió, supo que, después de todo, la escuela no iba a ser tan terrible como temía. Ahora serían dos las semillas de mango en busca de la salida dentro de las entrañas de la vaca más grande del mundo.

"Don't cry," he said softly, leaning over the desk to make contact with her eyes.

She looked at him, and her reddened eyes made Fico feel soft inside.

"Why are you crying?"

"I hate school," she said, her voice cracking. "I much rather stay at home."

"Me too," Fico confessed.

"I don't know anybody here."

"You know me now, we can be friends. My name is Fico."

With gratitude in her eyes, the girl wiped her tears with the back of her hands. "My name is Mariluz."

Fico felt much stronger. And when Mariluz smiled at him, he knew that after all, school wouldn't be as terrible as he had feared. Now there were two mango seeds in search of an exit inside the guts of the world's biggest cow.

Sea of Words

El mar de las palabras

Rafaela y Julián apenas se hablaban desde hacía años. El silencio no llegó de súbito, sino que se fué metiendo entre ellos paulatinamente, como sucede con los vicios.

Julián había dicho una vez que después de haber convencido a Rafaela de que se casara con él, no le quedaban más palabras. Se había convertido en un hombre huraño e inescrutable como su padre. Por mucho que se esforzara por estimularlo, él evitaba toda conversación.

Rafaela, sometida a un silencio sin tregua, había desarrollado la facultad de leerle el pensamiento a Julián. Sólo que después de tantas comidas consumidas en silencio y tantas tardes sin palabras, a Rafaela ya no le importaba siquiera lo que le pasara por la cabeza a su marido.

-Estoy embarazada -le había anunciado cuatro años atrás.

El la miró brevemente desde el borde de la cama, donde se ataba los cordones de los zapatos.

-Otra boca -dijo con sequedad.

-Es nuestro primer hijo, -protestó ella-. Es la primera boca.

-Después de la tuya -salió del dormitorio con Rafaela casi pisándole los talones.

-Yo trabajo, ¿sabes? -dijo desafiante con los brazos en jarras-. ¿Cuándo has tenido que darme de comer?

-¿Y quién ha dicho nada de comer?

-No eres más que una bestia.

Y ya. Ese había sido el intercambio entre Rafaela y Julián aquél día.

Pero a pesar de todo, sabía que Julián la quería. No sabía por qué lo sabía, pero igual lo sabía. Tal vez era en la forma en que él la miraba cuando la creía dormida. Pues el rabillo del ojo se le había alargado y aguzado para llenar el vacío de las palabras, y todo lo veía.

En un punto en medio de su frente, casi entre los ojos, podía sentir a veces una vibración tenue. Si se concentraba, podía captar los pensamientos y creía que hasta los sentimientos de su esposo. Si se concentraba, si le importaba lo suficiente.

Cuando el niño murió de meningitis, Rafaela descargó su avalancha de pena en medio del hospital-¡Maldito país! -gritó con las manos crispadas sobre el pecho, cayendo de rodillas al suelo. Se balanceaba con la boca abierta, tratando de escupir palabras demasiado cortantes para pronunciarlas.

-Por favor, señora, -Un médico joven y una enfermera trataron de

Rafaela and Julián hardly spoke to each other anymore. Their silence didn't arrive suddenly. It rather settled gradually between them, as it happens with most bad habits.

Julián once said that he had worked so hard to convince Rafaela to marry him, that he had no words left. He soon began to turn into his father, a sullen man who would go to great lengths to avoid conversations with his wife, no matter how much she tried to engage him.

Rafaela, forced into silence, had developed the ability to read Julián's mind. But lately, after so many meals eaten without a word crossing the table, and so many evenings without the most casual of conversations, Rafaela no longer cared to know what went on inside her husband's head.

"I'm pregnant," she announced one morning, four years earlier.

He looked at her briefly from the edge of the bed, where he had sat to tie his shoelaces.

"Another mouth," he said, dryly.

"This is our first child," she said, irritated. "The first mouth."

"After yours." He left the bedroom, and she followed, almost stepping on his heels.

"I work, you know?" She challenged, her hands on her hips and her eyes glaring. "When have you had to feed me?"

"I'm not talking about feeding."

"You're nothing but a beast."

That was the exchange between Rafaela and Julián that day.

But in spite of it all, she knew Julián loved her. She didn't know how she knew, but she knew. It was perhaps because of the way he looked at her when he believed her asleep. The corners of Rafaela's eyes had become deep and watchful in order to fill the void left by silence, and she could see everything.

In a spot in the middle of her forehead, almost between her eyes, she sometimes felt a slight vibration. If she concentrated enough, she could inexplicably capture the essence of her husband's thoughts, and even his feelings. But only if she concentrated enough, if she cared enough.

When their baby son died of meningitis, Rafaela unleashed her grief in the hospital lobby.

"Damn this country!" She screamed at the top of her lungs, falling to her knees, two fists over her heart. She rocked back and forth, with her mouth open,

tranquilizarla.

-¡No me toquen! -se levantó, rechazando los brazos que la sostenían-. ¡Que me traigan a ese monstruo! ¡Tráiganme al comandante! ¡Mentira que no se mueren los niños aquí! ¡Es una propaganda cochina!

Se le echaron encima, pero ella se debatió con sorprendente energía. Entre cuatro ayudantes, una enfermera, y un médico lograron sujetarla para darle una inyección, y se la llevaron al hospital psiquiátrico, adonde Julián fue a visitarla esa noche.

-¿No pudiste aparecerte antes? -preguntó ella secamente tras los barrotes, con la voz apagada y los párpados caídos por los tranquilizantes.

-Es que fui al otro hospital primero...

-Entonces sabes que tu hijo está muerto.

-Claro...

-¿Y tú qué dices?

Julián la miró sin expresión.

-¿Que quieres que diga? No hay remedio. Así es la vida.

-¿Así es? ¿Pues quieres que te diga de qué murió tu hijo?

-De meningitis.

-No. No fue de meningitis solamente.

Julián esperó temeroso otro ataque contra el gobierno, como el que había puesto a Rafaela en aquel lugar.

-No era más que un bebé, pero supo que su padre nunca le hablaría. Por eso huyó como un pajarito asustado. Supo que era mejor irse por donde vino.

Rafaela permaneció un mes en el hospital. Los médicos afirmaron en un certificado que los improperios de la paciente contra el gobierno fueron producto de una psicosis reactiva. Se le permitió regresar a su casa en cuanto la consideraron estable. La fábrica donde trabajaba estaba paralizada por falta de combustible, y la directiva le concedió un permiso indefinido por enfermedad.

Pero aunque a ella se le conocía como inofensiva, el Comité empezó a vigilarlos a los dos muy de cerca. Rafaela era ya prácticamente una reclusa, pero como Julián trabajaba fuera todo el día, se convirtió en foco de vigilancia del cuerpo de policía especial.

Al cabo de tres meses, Rafaela ya empezaba a distraerse de su tristeza por momentos, cuando el creciente terror de su marido empezó a vibrar en medio de su frente. Tan agudo era el miedo que la despertaba en medio de la noche.

Consciente de que él no la haría partícipe de su tormento, Rafaela decidió afinar sus radares.

La verdad, en detalle, empezó a tomar forma en su mente.

El jefe de Julián le había asignado un compañero de trabajo, y aunque al principio todo iba bien, con el paso de los días el hombre empezó a hablar en contra del gobierno. Julián tendría que definirse de una vez, ya fuera dejándose llevar por el posible informante, lo cual lo haría caer en prisión, o mostrándose partidario de la tiranía y un traidor para sus pocos amigos al denunciar a

trying to spit out words too cutting to pronounce.

"Please, *señora*," a young doctor and a nurse tried to calm her down.

"Don't touch me!" She jerked away from their arms. "Bring me the monster! Bring the *Comandante* to me, damn it! It's a lie that children don't die here! It's all filthy propaganda!"

Hospital personnel rushed to subdue her, but she fought with surprising strength. Between four orderlies, a nurse, and a doctor, they finally immobilized her enough to give her an injection. She was immediately taken to the Psychiatric Hospital, where Julián went to see her that night.

"Couldn't you have shown up a bit earlier?" She looked at him from behind bars. Her voice was flat and her eyelids droopy from the effects of tranquilizers.

"I went to the other hospital first..."

"Do you know your son is dead?"

"Of course..."

"And what do you have to say?"

Julián looked at her, stone-faced. "What do you want me to say? There's nothing we can do. That's life."

"Is it? And would you like to know why your son died?"

"Meningitis."

"No. It wasn't just meningitis."

Julián cringed, expecting the anti-government barrage that had put her where she was.

"He was only a baby, but he knew that his father would never speak to him. That's why he flew away from us, like a frightened bird. He knew he would be better off where he came from."

Rafaela remained in the hospital one month. The psychiatrist signed a document stating that her insults against the government were product of a reactive psychotic episode. Rafaela could return home as soon as she was considered stable. The factory where she worked, almost totally paralyzed for lack of fuel, granted her indefinite sick leave.

But although she had been officially "cleared," the Committee began to watch them both closely. Rafaela had practically turned into a recluse, but Julián was out at work all day, and he became the focus of vigilance of the "special police."

Three months later, when Rafaela could occasionally be distracted from her grief, her husband's growing terror began to show its presence in the middle of her forehead. Soon, Julian's fear was so strong that it shook her awake in the middle of the night.

Knowing that he would not share his torment with her, Rafaela decided to fine-tune her radar, and soon, a very detailed picture began to form in her mind. Julián's boss had assigned him a new office mate. At first, he thought nothing of it, but suddenly the man began to speak against the government. Julián felt forced to define himself one way or the other. He either had to join his co-worker in his anti-government passion which would land him in prison—or denounce him to the authorities, thus declaring himself in agreement with the tyranny. This would

quien esperaba provocarlo. Llevaba todas las de perder, y la tensión no lo dejaba dormir.

A Rafaela le dio tanta pena que optó por darle masajes en las sienes en medio de la noche, fingiendo estar dormida. Sabía que lo ayudaría relajarse, y no costaba nada. Al oírlo roncar, Rafaela se supo útil por primera vez en mucho tiempo. Si Julián tenía conciencia de su estratagema, no lo mostraba, y ella, a su vez, prefería que todo quedara así.

Un día muy de mañana, Rafaela fue asaltada por una visión. Ante sus ojos surgió la imagen de Julián, echado bocarriba sobre una balsa, con los brazos en cruz, deshidratado, saladas quemaduras de sol sobre todo el cuerpo, y los labios agrietados. Pero aún estaba vivo, y a punto de ser rescatado por un yate adornado con banderas y sombrillas de colores chillones.

-Este desgraciado se quiere ir y dejarme en esta isla infernal -dijo ella para sí-. Pues que se vaya si quiere servir de carnada para los tiburones. Así habrá más espacio para mí entre éstas cuatro paredes. ¿Para qué sirve él?

Pero al día siguiente Rafaela no pudo dejar de pensar en aquella visión inquietante. Comenzó a sentirse arrastrada por la obsesión de escapar, como Julián.

-¿Será posible que este hijo de mala madre quiera irse sin mí?

Empezó a aguzar sus radares aún mas, pero el miedo de Julián había crecido tanto que creaba interferencia. Entonces Rafaela decidió husmear en busca de algún detalle que confirmara lo que ya sabía. Pero no encontró nada, y ya se acercaba el momento. Podía percibirlo en el calor del cuerpo de Julián durante sus largas horas de insomnio.

Una mañana muy temprano, la idea de buscar dentro del horno la despertó y se le quedó en la cabeza. Hacía meses que no abría el horno pues no había nada que asar en él, y ahora que la isla estaba prácticamente sin combustible, mucho menos.

-¡El horno! -retumbaba una voz dentro de su cabeza-. ¡Busca en el horno!
Se levantó calladamente para no despertar a Julián.

En efecto, había un bulto en la parrilla superior del horno- ¡Ahá!-. Al desatarlo, al suelo cayeron un pantalón y un suéter negros.

-¡Pues claro! -Se dio una palmada en la frente-. ¡El muy desgraciado!

Aquella noche, supo que su esposo la miraba en la semi-penumbra. Lo sintió levantarse de la cama y esperó oírlo cerrar la puerta de la calle al salir. Pero Julián no salió enseguida.

"Está al pié del horno poniéndose la ropa negra." Pensó Rafaela.

Luego escuchó el leve raspar del mocho de lápiz sobre el papel.

-Una nota para mí -susurró.

Se dio vuelta en la cama con cuidado de no hacer ruido para agarrar una bolsa que tenía preparada debajo de la cama. Permaneció así hasta que oyó cuando Julián terminaba la nota y salía con sigilo.

Entonces saltó de la cama y se vistió a toda prisa con un par de pantalones negros y una chaqueta oscura, y echó a andar en la noche tras su marido, dejando la puerta abierta.

declare him a traitor before his few friends. He felt he was doomed either way, and the stress kept him awake most nights.

Rafaela took pity on him, and began to massage his forehead during the night, pretending to be asleep. She knew she would help him relax, and it cost her nothing. When she heard him snore, she felt needed for the first time in years. If he was conscious of her farse, he didn't show it, and Rafaela preferred to leave it at that.

One morning, she was suddenly assaulted by a vision. In front her eyes intruded the image of Julián lying on a raft. He was almost dehydrated, salty burns covering his skin. His lips and tongue were parched, but he was alive and about to be hoisted into a yacht adorned with colorful umbrellas and flags.

"The creep wants to go north and leave me in this damned island," she said to herself. "If he wants to be shark bait, fine. I'll have more room to myself between these four walls. What good is he anyway?"

But by the following day the unsettling vision would not leave Rafaela's thoughts. She became obsessed with the idea of escaping, like Julián.

"Could the bastard really want to leave without me?"

She worked harder at reading his mind, but the intensity of his fear was such that it began to interfere with her ability to tap his thoughts. She began to snoop around, and go through his things in search of any detail that could confirm what she knew. But she found nothing. And the moment was approaching. She could feel it in Julián's body heat during his hours of insomnia.

Early one morning, still half-asleep, the idea of looking inside the oven suddenly forced itself in her consciousness. For years she hadn't opened the oven because there was nothing to bake or roast, and lately, with the absence of fuel, there was less of a reason to open it.

"The oven!" an echo filled her ears. "Look inside the oven!"

She got up slowly, careful not to wake Julián.

She found a strange bundle sitting on the top oven rack. "Aha!" When she untied it, a pair of black pants and a black sweater fell to the kitchen floor.

"But of course!" She slapped her forehead. "The bastard!"

That night, she knew that her husband was looking at her in the semi-darkness. She felt him get up slowly, and waited to hear him close the front door as he left the house. But he didn't leave right away. "He's by the oven, putting on the dark clothes," Rafaela thought.

Later she heard the scratching of a pencil stump on a piece of paper.

"A note for me," she whispered to herself.

She turned slowly in bed, reached for the bag she had placed under the bed weeks before, and waited until she heard Julián finish the note, stand up, and walk out the door, closing it behind him.

She jumped out of bed, dressed in a pair of black slacks and a dark jacket, and leaving the front door ajar, she walked into the night to follow after him.

Rafaela observed him walking fast at the end of the street. Jogging as quietly as possible she almost caught up with him, hiding in the shadows of the fig trees that lined the road. She followed several yards behind him, skipping through winding

Alcanzó a verlo al final de la calle y apretó el paso. Se ocultó en las sombras de las higueras que bordeaban el camino. Lo siguió por largo rato hacia la costa por unos vericuetos entre los matorrales. Sentía como se le clavaban las espinas en las piernas, pero siguió en silencio.

Muy cerca de la playa, la silueta de Julián forcejeaba entre unos arbustos hasta sacar algo grande cubierto con un plástico oscuro. Rafaela lo observó tambalearse cuando se echó encima la estructura de tablas y recámaras, y contuvo la respiración hasta que lo vio recuperar el equilibrio. Al verlo continuar trabajosamente su camino hacia la playa, Rafaela apretó el paso tras él.

A pocos pasos de la orilla, Julián se detuvo repentinamente, dejó caer la balsa y se dio la vuelta con los brazos en alto para rendirse a las autoridades. Pero en lugar de enfrentarse a los guardacostas, se vio cara a cara con la pequeña figura de su esposa, a quien no reconoció enseguida.

-Más vale que te ayude -dijo ella, agachándose para tomar un extremo de la balsa.

-¿Rafaela?

-Ya puedes bajar los brazos, bobo. Vengo desarmada. ¿Creías que te iba a dejar ir sin mí?

-¡Qué susto me has dado! ¡Por poco me meo!

-¡Bien merecido lo tienes! No creí que tuvieras el valor de hacerlo. Pero lo tienes, así que vamos.

Cargados con la balsa, siguieron hacia la playa. Apenas había espacio para los dos en la balsa, pues ya estaba cargada con una bolsa de plástico llena de conservas y dos galones de agua que había preparado Julián.

Entraron al agua, cálida de sol aún en medio de la noche.

-Sube, que yo empujo -dijo él, ofreciéndole su mano como apoyo.

El mar estaba tranquilo y el cielo diáfano. Centenares de estrellas fueron testigos de su fuga. Ambos lucharon por ocultar su miedo el uno del otro tanto como de sí mismos.

Julián saltó a bordo de la frágil embarcación, amarró a Rafaela por la cintura al improvisado mástil, para luego se atarse a sí mismo con la misma cuerda. Desató entonces el remo y comenzó a remar.

-¿Solamente un remo? Bueno, no importa. Haré lo que pueda. -Rafaela aflojó sus amarras y se acostó en la balsa para bracear vigorosamente.

Se los tragó la más profunda oscuridad del mar a medianoche. Exhausto, Julián dejó de remar después de un rato y orientó la vela que había fabricado con pliegos de plástico. Y navegaron, sentados espalda con espalda, llenos de terror. Sabían los mortales peligros que les acechaban por muchas que hubieran sido las precauciones de Julián. A pesar de que el último parte del tiempo auguraba una noche ideal, siempre existía la amenaza de lanchas guardacostas, volátiles tormentas caribeñas, y voraces tiburones.

El continuo salpicar de las olas los hacía tiritar de frío, y se abrazaron estrechamente para mantener el calor. Pero un viento de sur a norte, y la buena estrella que los guiaba los había alejado de las costas a sorprendente

Sueños y otros achaques

narrow paths, thick with shrubbery. She felt the thorns ripping her skin, but she endured the pain without a sound.

Close to the beach, she watched Julián shadow wrestling with something large behind thick bushes, then pull out a wooden raft attached to two inner tubes, all covered with a dark plastic sheet. She saw him tumble when he lifted the raft onto his back, and she held her breath until he recovered his balance. He continued walking toward the beach with difficulty, with Rafaela speeding up after him.

When he was only a few steps from the shore, Julián slowly dropped the raft, turning around with his arms up in the air to give himself up. But instead of the coastguards he expected to see pointing guns at him, he faced a small figure he didn't immediately recognize.

"I better help you," Rafaela bent over to grab a corner of the raft.

"Rafaela?"

"Put your arms down, you idiot. I'm unarmed. Did you think I was going to let you go without me?"

"You've scared me half to death! I almost peed in my pants."

"You deserve it! I didn't really think you'd have the guts to do this! But you do, so let's go!"

Loaded with the raft, they continued their way toward the beach. The vessel had hardly enough space for both of them, plus one plastic bag filled with preserves and the two gallons of water that Julián had gathered together for the trip.

They waded into the ocean, finding the water still warm from the day's sun.

"Hop on. I'll push," Julián offered his hand for support.

The sea was calm and the sky clear. Thousands of stars sparkled above, as the only witnesses to their escape. Both tried to hide their fear from each other and themselves.

Julián jumped aboard the fragile vessel, tied Rafaela by the waist to the improvised mast, then tied himself with the same rope and began to paddle.

"Only one paddle? Oh... never mind. I'll help any way I can." Rafaela loosened the rope and laid on the raft, bracing vigorously.

Darkness swallowed them for many hours. Exhausted, Julián stopped paddling and oriented the sail he improvised from plastic sheets, and they sat back to back, filled with dread. They knew the mortal dangers that lurked out at sea, in spite of Julian's precautions. Though the latest weather report indicated an ideal night, there were always the threats of the coastguard, the unpredictable storms that brew quickly in the Caribbean, and the voracious sharks.

The continuous spray made them shiver with cold, and they turned around to hold each other tightly and thus preserve some body heat. But a northbound current, and the friendly star that guided them, took them away from the coast and into the open sea at a miraculous speed. Rafaela, both emotionally and physically exhausted, could not help nodding in mid-odyssey.

At dawn, she opened her eyes to find Julián awake, looking north, trying to light a damp cigarette.

The sea was calm as glass.

"Do you see anything?" She asked, rubbing her eyes.

velocidad. Rafaela, agotada de cuerpo y alma, fue capaz de dormitar en medio de la odisea.

Al amanecer abrió los ojos y vio que Julián, de cara al norte, trataba de encender un húmedo cigarrillo.

El mar estaba como un espejo.

-¿Ves algo? -preguntó Rafaela restregándose los ojos.

-Sólo el mar -se volvió hacia ella, y le pasó una botella de agua.

-Todavía no tengo sed.

-No importa. Necesitas agua. Hay bastante.

-¿Y si se nos termina?

-Beberemos de nuestros propios orines.

-Ojalá no haga falta -Rafaela se estremeció de asco.

-Ojalá. -Julián tomó una profunda bocanada del cigarrillo-. ¿No leíste la nota que te dejé en la casa?

-No hubo tiempo.

-Es una lástima.

-¿Por qué una lástima? Si me hubiera detenido a leerla no estuviera aquí ahora. ¿Por eso es una lástima?

-No, Rafaela. Es que te decía muchas cosas.

Ella empezó a sentir aquella vibración tenue en medio de la frente que la hizo sonreír. Lo sabía todo. Pero quería que aquel pedazo de adoquín se lo dijera, aunque estuvieran los dos a punto de perecer entre las fauces de un tiburón.

-¿Qué me decías en la nota?

-Te decía que te mandaría a buscar en cuanto pudiera, si es que llegaba.

-¿Y qué más decías... Déjame tocar madera... En caso de que no llegaras? -Hizo una pausa para tocar con sus nudillos la tabla en que estaba sentada.

-Te pedía que me perdonaras.

-Te perdoné hace tiempo, Julián. ¿Que más me decías?

-Que te quiero- Suspiró, aliviado.

Ambos quedaron en silencio unos minutos.

-Entonces -empezó Rafaela- ¿Te alegras de que te hubiera seguido, en lugar de quedarme como una idiota a leer tu nota?

-Sí -la miró-, me alegro. Es que no quería ponerte en peligro... -pero un repentino golpe de agua ahogó su voz.

Bajo el implacable sol del mediodía siguiente, Rafaela y Julián fueron asistidos a bordo de un yate que los había divisado al sur de Cayo Hueso.

Lo primero que notó Rafaela al subir fué que en la popa había dos sombrillas de brillantes colores como las que había visto en el sueño.

Mientras tanto, en la silenciosa casita, la presidenta del comité se sentaba a leer la nota que yacía sobre la mesa de la sala. Detrás de ella había dos oficiales de la policía militar que traían órden de arrestar a Julián, bajo vagos cargos de conspiración. La nota había sido escrita con letra grande, clara y firme en un pedazo de cartulina.

Sueños y otros achaques

"Only the sea." he turned around, passing her a bottle of water.

"I'm not thirsty yet."

"It doesn't matter. You need water. We have plenty."

"What will we do when it's gone?"

"We'll drink our own urine if we have to."

"I hope that won't be necessary," she shuddered in revulsion.

"So do I."

Julián took a deep drag from the cigarette. "Did you read the note I left you at the house?"

"There wasn't any time."

"It's a shame."

"Why is it a shame? You know that if I had stopped to read maybe I wouldn't be here now. Is that why you say it's a shame?"

"No, Rafaela. It's because of what I wrote in the note."

Rafaela began to feel that slight vibration in the middle of her forehead, which brought a smile to her face. She knew everything. And she wanted that bull-headed man to tell her, even if they were both about to be dismembered in the jaws of a shark.

"What did you say in the note?"

"That I would send for you as soon as I could... If I made it."

"And what did you say knock on wood—in case you never made it?" she tapped her knuckles on the board on which she was sitting.

"I asked you to forgive me."

"I forgave you long ago, Julián. What else did you say?"

"That I love you," he let out a long sigh of relief.

They both kept silent for a few minutes.

"Then," Rafaela started, "are you glad that I followed you instead of staying behind to read your note, like a fool?"

"Yes," he smiled weakly. "I'm glad. I didn't want to endanger you... I" But at that moment, a splash drowned his words.

The following day, in the punishing midday sun Rafaela and Julián were hoisted aboard a yacht that had spotted their fragile vessel south of Key West.

The first thing that Rafaela noticed was the two brightly colored umbrellas on deck that looked exactly like the ones in her dream.

Meanwhile, back in the silent little house, the president of the Committee sat down to read the note left on the coffee table. Standing behind her were two "special" police officers who had a warrant for Julián's arrest under vague charges of conspiracy.

The note had been written in neat handwriting on a white piece of cardboard.

Dear Rafaela:

I'm leaving because I want to start all over again and pretend that this silence never came between us.

Querida Rafaela:

Me voy porque quiero que un día empecemos de nuevo, como si este silencio nunca nos hubiera separado.

Si es que llego vivo, trabajaré como una bestia hasta poder mandar por ti. Te recibiré con flores en los brazos, y ya nunca más tendrás que leerme el pensamiento.

Y si es que no llego... Perdóname. Te quiero.

Julián.

If I arrive alive, I will work like a beast until I can send for you. I will greet you with flowers cradled in my arms, and you'll never again need to read my mind.
But if I never get to the other side... Forgive me.

I love you,
Julián

The Wall, the Well, and the Watering Can

La tapia, el pozo, y la regadera

Filomeno, mi rana-toro, atravesó el patio interior dando los saltitos ridículos de siempre. Pero esta vez llevaba en la boca una cucaracha tan grande que varias patas quedaron fuera de su boca y mi rana parecía tener bigotes. Esto me causó mucha risa.

-¡Niña, cállate! -dijo Eloísa, la vecina de al lado, asomándose por encima de la tapia que separaba las dos casas-. Hay gente durmiendo todavía. ¿Dónde está tu mamá?

-Ahí dentro.

-Ya sé que está ahí dentro, niña. Llámala, que quiero preguntarle una cosa.

La miré desde el suelo a sabiendas de que mamá no tenía interés en que Eloísa le preguntara nada. Todos estábamos hartos de que se asomara por encima de la tapia. Nunca preguntaba nada, sino que pedía algo. Mientras esperaba que mamá le trajera lo que había pedido se ponía a mirar para las habitaciones, sacando la mitad del cuerpo por encima de la tapia y estirando el pescuezo a todo lo que le daba. Para colmo de insulto, Eloísa me llamaba "niña." Lo decía en un tono despectivo. "Niñña," como si escupiera la palabra, arrastrando un poco la *eñe*. Odiaba que me llamaran "niña." Yo tenía nombre.

Eloísa también tenía una niña de mi edad. Claro que ella no la llamaba "niñña", sino "Maricritina." Pero ese no era su verdadero nombre. Se llamaba María Cristina, y era mi mejor amiga.

Pero su madre no era una mejor amiga para mi madre, sino "la bruja de al lado que tanto pide."

-¡Niña! ¡No te quedes allí mirándome pasmada, y con la boca abierta! ¡Llama a tu mamá!

-¡Mamáaa!

-¡Shhh! ¡No seas holgazana, niña! Levanta las nalgas del piso y ve adentro a buscarla, que todavía hay gente durmiendo, te dije.

No había 'gente' durmiendo, eso lo sabía yo. Sólo Ramiro, su marido, que se emborrachaba por las noches y luego no podía levantarse. Y todos los días se despertaba de un humor de perros que sólo se disipaba cuando se daba otro trago. Por eso ella prefería que siguiera durmiendo.

Con su voz de corneta oxidada, Eloísa había conseguido espantar a Filomeno, que era muy tímido. Se había escondido en la tinaja del agua de lluvia. Ya no volvería a salir de allí para jugar conmigo en todo el día, y todo por culpa de esa mujer.

-¿Tu estás sorda, niña? ¿Qué haces con la cara metida en la tinaja cuando te

Filomeno, my bull-frog, hopped across the patio as he did every morning. This time, however, he had just caught a large cockroach whose legs hung outside his mouth. It looked as if my frog had a moustache, and I laughed out loud.

"Shut up, child!" said Eloisa, the next door neighbor, her head peeking over the wall that divided the two homes across an interior patio. "People are still sleeping. Where's your Mom?"

"Inside."

"I know that she's inside, child. Call her. I need to ask her a question."

I looked up at her, knowing that Mamá didn't want Eloisa to ask anything of her, because we were fed up with her looking over the wall. She never just asked questions, like she said, but rather asked for something. While she waited for Mamá to bring her whatever she needed, she always looked into the house as far and long as she could. Half her body stuck out over the wall, and her neck was stretched to its limits. To top it all, Eloisa called me 'child.' She said it in a nasty tone, 'child,' as if she were spitting the word, dragging the *ch*. I hated being called "child." I had a name.

Eloisa also had a girl my age. Only she didn't call her 'child.' She called her 'Maricritina,' though that wasn't her name. Her name was María Cristina, and she was my best friend.

But her mother wasn't my mother's best friend. Instead, she was "that witch next door who's always begging from us."

"Child! Don't stand there like a dummy with your mouth open! Call your mother!"

"Mamaaaa!"

"Shh! Don't be so lazy, child! Get your butt off the floor and go inside to fetch her! I told you, people are still sleeping!"

There weren't any "people" still sleeping. I knew that. It was just Ramiro, her husband, who got drunk most nights and then couldn't get up the next morning. He always woke up in a foul mood that only eased when he had another drink. She preferred him asleep.

With her rusty bugle voice, Eloisa had frightened Filomeno, who was very shy. He hid inside the clay *tinaja* that was always full of rain water, and he probably wouldn't come out again that day. And it was all that woman's fault.

"Are you deaf, child? Why do you keep your face in that *tinaja* when I'm talking to you? Do what I tell you!"

Reluctantly, I started to get up, but Mamá was already coming out of the

estoy hablando? ¡Hazme caso!

De mala gana empecé a levantarme del suelo, pero ya mamá venía por el pasillo arreglándose el pelo con ganchitos.

-¡Ya voy, Eloísa!

Mamá, siempre tan amable, trataba a la vecina con respeto, a pesar de que por dentro hervía de lo molesta que estaba con la muy intrusa.

-¡Esa mujer me va a volver loca! -decía a menudo, con las manos crispadas sobre las sienes.

-Si me la dejaras a mí, ya hace rato que hubiera dejado de espiar y pedir -solía decir mi padre calmadamente por las mañanas mientras se hacía el nudo de la corbata ante el espejo de la cómoda poco antes de salir para el trabajo.

-Es que me da miedo.

-Pues a mí no. Y sería yo quien le daría su merecido, no tú. No tienes nada que temer.

-¿Qué va a pensar la gente?

-¿Y por dónde se van a enterar, por boca de una entrometida y una pedigüeña? Que piensen lo que les dé la gana. A mí no me importa.

Por mucho tiempo me pregunté cuál sería el plan de mi padre y quise preguntárselo varias veces. Pero mamá me interrumpía en cuanto yo abría la boca. Decía que nadie quería hablar de eso a la hora de comer, o a la hora de dormir, o tan temprano, o tan tarde. En fin, que nunca era el momento de preguntar.

Al no tener una realidad en la cuál basar mis suposiciones infantiles, no tuve otra opción que dar rienda suelta a mi imaginación. Y llegué a convencerme de que papá, en su desesperación, planeaba asesinar a Eloísa.

Incluso pensaba que a lo mejor, después de que todo hubiera terminado, y que hubiéramos dispuesto del cadáver, nadie le echaría la culpa a papá e incluso podríamos adoptar a María Cristina.

Seguramente ella no sería una huerfanita triste como las de los cuentos, sino que tal vez todo lo contrario. Siempre evitaba hablar de su madre conmigo. Yo pienso que era por el miedo que le tenía, pues bastante que le pegaba y la castigaba. Yo respetaba instintivamente aquel temor suyo sin aprovecharme de su debilidad y sin hacerla abochornar por ello. Teníamos un implícito pacto de silencio en cuanto a aquello, pero yo sabía que mi amiga no extrañaría mucho a su madre si ésta desapareciera repentinamente.

-¡Maricritinaaa!

Su voz de corneta mojada interrumpía nuestros juegos y fantasías, y hacía temblar a mi amiga.

María Cristina y yo nos veíamos todos los días en el portal, o en el campo aledaño, o dentro de mi casa. Yo nunca entraba a la suya. María Cristina nunca me invitaba, supongo que por miedo a que su madre la avergonzara delante de mí. Pero sí que le gustaba mucho pasarse las horas en mi casa.

A veces, cuando su madre no la dejaba salir, nos veíamos a través de la tapia, pero no por encima, sino por debajo, por el caño del desagüe. Este tenía una apertura pequeña, como hecha para ratas.

Yo me acostaba en el suelo, con cuidado de no meter los codos en el agua

bedroom, re-arranging bobby pins on her hair.

"I'm coming, Eloisa!"

Mamá, always so nice, treated the neighbor with respect, though inside she was probably boiling because of her intrusions.

"That woman is going to drive me crazy!" she often said to my father, her hands like claws at her temples.

"If you would just leave it to me, she would stop begging and spying on us," my father said almost every morning, while he did his tie knot in front of the mirror minutes before going to work.

"I'm afraid."

"Well, I'm not. And it would be me who would do it, not you. You don't have anything to fear."

"What are people going to think?"

"Who are they going to hear it from? A nosey beggar? Let them think whatever they want! I'm not concerned!"

For a long time I wondered about my father's plan, and tried to inquire about it several times, but Mamá stopped me as soon as I opened my mouth. She said that nobody wanted to talk about that at supper time, or at breakfast time, or so late, or so early. There was simply no appropriate time to ask.

Since I had no reality on which to base my childish assumptions, I had no choice but to let my imagination loose. And I became convinced that, out of desperation, my father was planning to murder Eloisa.

I even got to thinking that perhaps after it was all over and the cadaver had been properly disposed of, no one would blame Papá and we could adopt María Cristina.

Surely she would not turn out to be one of those sad little orphans of the movies and story books. She usually avoided talking about her mother. I think she was afraid of making her angry, because poor María Cristina was spanked and grounded often. I instinctively respected my friend's fear without asking questions or making fun of her weakness. We had an unspoken pact of silence over the issue, but I was sure my friend would not miss her mother much, if she suddenly disappear.

"Maricritinaaa!"

The water-filled bugle voice would suddenly erupt, destroying our fantasy, and giving my friend tremors of fear.

Maria Cristina and I saw each other every day either on the porch, or the orchard, or inside my house. I rarely entered her house because she never invited me in, probably for fear that her mother would embarrass her in front of me. But she sure enjoyed spending time in my house!

Sometimes, when she was grounded, we saw each other by the wall. Not over it, but under it. We laid down by the corner at the base of the wall, by the drainage pit, which was covered by a metal plate with holes. We could see each other through a small opening in the wall scarcely the right size for a rat to go through.

I laid down, careful not to put my elbows in the little ditch where the dirty

sucia que corría por la canal, y miraba al otro lado de la tapia por el agujero. Allí estaba ella sin falta, con la barriga contra el suelo y en pantaloncitos, porque su madre la dejaba en ropa interior para que no saliera. Pero al menos le permitía que pegara la barriga desnuda a la tierra para jugar conmigo.

Nos entreteníamos así con juegos tontos, y haciendo flotar cáscaras de nueces sobre el agua jabonosa del lavado.

Cuando el castigo de María Cristina era por muchos días seguidos yo me cansaba de estar tirada en el suelo comiendo tierra por ella. Entonces no me quedaba otro recurso que irme a jugar con mis hermanos, que eran unos salvajes, según los vecinos, sobre todo la propia Eloísa.

Cuando mis hermanos me sacaban a pasear por el campo, mi madre siempre me encomendaba a Braulio, el mayor y el más responsable. Pensaba que mis otros hermanos eran capaces de dejarme olvidada en algún potrero a muchas leguas de distancia, tirada por allí entre las vacas, o de dejarme ahogar en el río que cruzaba por la granja de al lado.

Braulio era mi hermano favorito, por ser el que mejor me toleraba. Se resignaba fácilmente a cargar conmigo durante sus aventuras, siempre pendiente de que no me sucediera nada grave. También él era el más inventivo, pues sus bromas eran magníficas y se le ocurrían juegos que nos divertían a todos. Era el líder indiscutible.

Una vez se obsesionó con la idea de que en las entrañas de un pozo abandonado en un potrero distante había un tesoro escondido. Cuando decidió ir a investigar en detalle, yo fui también.

Como yo era la más pequeña, era natural que me tocara sondear el pozo. Braulio me hizo un nudo suelto para que pusiera las piernas y me sentara como en un columpio, y me subió al borde del brocal.

Agarrada fuertemente con las dos manos me empezaron a bajar al fondo. Me tragué mi miedo, pues quería ser tan valiente como Braulio pensaba que era.

La oscuridad era tal, que no podía verme las manos siquiera. Solamente percibía las paredes húmedas y viscosas a mi alrededor. Arriba se asomaban las tres cabezas de mis hermanos, con el cielo azul como fondo. No podía defraudarlos.

-¡Esto apesta y está pegajoso!- grité, y el eco de mi propia voz me asustó aún más.

-¿Qué ves? -Gritó Braulio.

-Ná', -fué mi débil respuesta.

Entonces uno de ellos se acordó de la linternita que abuelo le había regalado a Jacinto por su cumpleaños y que siempre llevaba consigo. La ataron con un hilo de pescar que alguno traía, y la bajaron encendida para que yo pudiera verla y agarrarla.

-Como la sueltes y la dejes caer, me las pagas, -amenazó Jacinto.

Nunca había visto tantos animales viscosos en un solo sitio. Huyendo en tropel del pequeño foco de luz, se veían cucarachas tan grandes como zapatos y lagartijas y culebras translúcidas que me miraban con tanto susto como yo a ellas.

-¡Esto está lleno de porquería! ¡Sáquenme ya! -les grité, comenzando a asustarme de veras. Pero luché por mantener mi dignidad.

water ran, and looked through the hole. And there was Maria Cristina in her panties because her mother stripped her down to her underwear so she wouldn't wander outside the house. She had to press her naked belly to the ground to play with
me.

We amused ourselves with silly games, and floating nut shells through the
holes in the grid when the canal was full of soapy water from the wash.

Whenever Maria Cristina was grounded for too many days in a row I would
get tired of laying on the floor eating dirt because of her. I had no recourse then
but to play with my brothers, who were savages according to the neighbors, especially Eloisa herself.

When my brothers took me out in the woods with them, my mother always
made Braulio responsible for my safety because he was the oldest and the most
trustworthy. She feared that my other brothers would leave me among cows many
leagues away, or would dunk me in the river that ran through a farm nearby.

Braulio was my favorite brother because he tolerated a great deal from me.
He didn't mind it too much when he had to take me with him in one of his
outings. Attentive toward me, he made sure that nothing too serious happened to
me. He was also the one who thought of the most exciting adventures and inven-
tive games to amuse us all. He was the undisputed leader.

Once he became convinced that an ancient treasure was hidden in a dried-
up well in a neighboring field. When he decided to investigate in more detail, I
came along.

Since I was the smallest of the four of us, I naturally became the probe.
Braulio made a loop with rope for me to put my legs through as if on a swing, and
lifted me over the stone rim.

Grabbing onto the rope with both hands, I was lowered into the mouth of
the well. I hid my fear because I wanted to be as brave as Braulio thought I was.

It was so dark down in the well that I couldn't see my own hand in front of
my eyes. I only sensed a viscosity all around me. When I looked up, three heads
were looking down, framed by the blue sky. I couldn't disappoint them.

"It stinks down here!" I yelled, and the echo of my voice frightened me even
more.

"What do you see?" Braulio yelled.

"Nothin'," came my weak response.

Then one of them remembered the little flashlight that Grandpa had given
Jacinto for his birthday. He always carried it with him. They tied it to a fishing line
that one of them had brought, and lowered it already turned on, so I could see it.

"If you let go of my flashlight, you'll pay for it!" Jacinto warned.

I had never seen so many slimy creatures in one place. There were cock-
roaches the size of shoes scurrying away from the little beam of light, and many
small, translucent snake-like creatures and lizards that looked at me with as much
fear as I looked at them.

"This is full of disgusting stuff! Get me out!" I was now beginning to panic,
but still wished to maintain my dignity.

"What do you see now?"

-¿Qué cosas ves ahora?

-¡Animales babosos!

Mis hermanos se pusieron tan contentos que temí que soltaran la soga.

-¿Oyeron eso? ¡Animales babosos! ¡Tal vez hay especies desconocidas, o huevos de dinosaurio! -gritó Braulio, olvidando ya su propósito original de encontrar un tesoro-. ¿Ya tocaste fondo? -me gritó.

-¡Qué va! ¡Creo que falta mucho! ¡Pero ya no quiero seguir bajando!

-¡Qué lástima que la soga sea tan corta! -dijo, y sentí un gran alivio.

Después de sacarme, los muchachos decidieron que bajarían uno a uno alargando la soga con pedazos viejos y casi podridos que encontramos esparcidos alrededor del brocal.

Braulio quería ser quien encontrara los prehistóricos huevos, así que insistió en bajar el primero.

Tras muchos pujos y esfuerzos, Jacinto y Antonio lograron bajarlo un par de metros, pero la cuerda no sostuvo el peso y se rompió. El grito de Braulio fue aterrador.

Nos miramos petrificados.

-¿Y si Braulio termina en la China y ya no lo volvemos a ver? -Antonio preguntó.

-¡Sáquenme de aquí! -La voz de Braulio sonaba muy lejana-. ¡El fango me está chupando las piernas! Jacinto, presa del pánico, echó a correr para buscar ayuda.

Braulio estuvo atascado en el lodo al final del pozo por más de una hora, gritándonos. Agarrado a una raíz logró evitar hundirse en el barro.

Antonio y yo lo llamábamos a cada rato para darle ánimo, pero cuando mirábamos hacia el fondo sólo podíamos divisar la lejana luz de la linterna agitándose frenéticamente de un lado a otro.

Por fín llegó ayuda en la forma de Ramiro, quien llegó borracho, y armado de unas cadenas muy largas y un mulo joven.

Aquella tarde regresamos sigilosamente a casa. Nos habíamos jurado mantener silencio mientras pudiéramos, pero sabíamos que sería inútil. No había modo de esconder la ropa de Braulio donde mamá no la descubriera. Todo estaba tieso de barro negro tan maloliente que guió su nariz hasta un balde que habíamos ocultado en el patio. Mamá tuvo que tirar la ropa a la basura con balde y todo.

Pero a pesar de su ira, mamá decidió no contárselo a papá. Yo era la niña de sus ojos, y si se hubiera llegado a enterar de que mis hermanos me habían metido en un pozo, con seguridad se les hubiera echado encima para comérselos a puñetazos.

El año anterior les dio tremenda paliza porque me metieron en un tonel para luego echarme a rodar colina abajo. Por mucho que le aseguré a papá que aquello había sido muy divertido para mí, no pude evitar que les pegara fuerte.

Aquel día papá me llevó con él a dar un paseo con el fin de alegrarme tras el suceso del barril. Pero yo no estaba contenta por los puñetazos que le había visto dar a mis hermanos, y así se lo dejé saber. Enseguida volvimos a casa, y nos llevó a todos a comer pollo frito y luego a ver una película de *Samurai*. Era una solución

"Slimy animals!"

My brothers became so excited that I feared they would let go of the rope.

"Did you hear that? Slimy animals! Maybe a new species! Maybe we'll find dinosaur eggs!" Braulio yelled, forgetting his initial purpose of finding a treasure. "Are you touching bottom yet?"

"No way! I think there's still a long way down! But I don't want to go on!"

"The rope's too short! What a pity!" I heard him say, to my relief.

They pulled me out and decided to go down themselves, one at a time. The rope could be lengthened with old, half-rotten pieces we found around the well.

Braulio wanted to discover the giant eggs, so he went first.

After much grunting, Antonio and Jacinto lowered him a few meters, but the rope could not hold the weight, and it snapped. Braulio's scream was blood-curdling.

We looked at each other, petrified.

"What if he ends up in China and we never see him again?" Antonio asked.

"Get me out of here!" Braulio's voice sounded very far away. "The mud is sucking me down!"

Jacinto, seized by panic, ran for help.

Braulio remained stuck in the bottom of the well for over an hour, yelling at us. By holding onto a root, he kept himself above the sucking muck.

Antonio and I kept calling out to him to cheer him up. But when we looked down, all we could see was the flicker of the flashlight, darting wildly from side to side.

Help came, finally, in the form of Ramiro, drunk, and armed with long chains and a young mule.

We crept home that afternoon, swearing secrecy about the incident, though we knew it would be futile. We had no way of hiding Braulio's clothes from Mamá. Everything was caked with a black muck, so foul-smelling that it guided her nose to a bucket we hid in the backyard. Mamá threw the clothes away, bucket and all.

In spite of her anger, she kept the story from reaching Papá. I was his princess, and if he found out that the boys had put me in the well, he would have charged against them with his fists up.

The year before, Papá gave them a huge beating when the boys put me in a barrel and let me roll downhill for quite a long distance. It didn't matter how much I told Papá that I had actually enjoyed it, he still hit them hard.

Later that day Papá took me out for a ride to help me forget the barrel incident. But I wasn't happy because I had seen him punch the boys, and I told him so. Immediately, he turned the car around, and took us all out for fried chicken and a Samurai movie afterward. That was my father's kind of solution, and his kind of movie. Also my brothers'. The four of them sat on the edge of their seats, full of excitement. But Mamá fell asleep right away, with her head back and her mouth open.

Those trips to the movies were great events for me, but not because of the films. I never really understood them. There was always blood shooting up, and a lot of guys in skirts and ponytails, growling and spitting. I had to find some kind

típica de mi padre, pues aquellas eran sus películas favoritas y las de mis hermanos. Los cuatro se sentaban al borde de las butacas con los ojos saltones por el entusiasmo. Pero mamá pronto se quedaba dormida con la cabeza hacia atrás y la boca abierta.

Los viajes al cine eran siempre un evento para mí, pero no por las películas. Nunca las entendía a derechas, con tantos chorros de sangre, griterías, y aquellos hombres con faldas y colas de caballo que gruñían y escupían. Tenía que entretenerme en otras cosas.

Si le pedía dinero a papá, se metía la mano en los bolsillos sin dejar de mirar a la pantalla, y las sacaba llenas de monedas de todos tamaños que rebosaban mis dos palmas juntas. Entonces iba a gastar hasta el último centavo. Me hartaba de chocolates y caramelos hasta que me dolían las quijadas.

Un día me distraje recogiendo colillas de cigarrillos del suelo y metiéndoselas a mi durmiente mamá en la boca. Encontré tantas colillas que ya no había espacio en su boca y se volvían a caer al suelo.

Cuando despertó, mamá tosió con mucho desespero hasta casi vomitar allí mismo. Me regañaron en público y se pusieron pesadísimos conmigo en el auto durante todo el trayecto de regreso a casa. Pero yo era muy pequeña entonces, y no sabía que hubiera podido matar a mamá.

-¡Niña! ¡Llama a tu mamá! -Eloísa nuevamente interrumpió mi rutina mañanera con mi rana-toro, pero ésta vez habló a través de la rejilla, contra el suelo- ¡Y no grites, que todavía hay gente durmiendo!

Cuando me levanté para entrar a buscar a mamá, ya la entrometida se estaba asomando por encima de la tapia. Se me antojó que gozaba de una agilidad de simio, pues tenía que encaramarse en varias cosas para llegar tan alto. Una vez me asomé a su casa y alcancé a ver que tenía el lavadero pegado a la tapia, y unos estantes con macetas de flores. Tenía que utilizar los estantes como escalones además de una palangana bocabajo y varios baldes.

Entretanto Filomeno se había escondido nuevamente, esta vez entre los helechos que crecían al pié de la tapia.

-¿Qué miras allí, niña? ¿Lombrices de tierra? ¿O es que se te perdió ese sapo asqueroso? ¡Anda, pues y llama a tu madre!

-No es un sapo. Es una rana -Yo tenía cuidado con eso.

En los últimos meses se había recrudecido su hábito hasta el punto de invadirnos varias veces al día. Pero siempre podíamos contar con la primera visita por la mañana muy temprano, antes de que papá saliera para el trabajo.

Siempre tenía sus razones para subirse a la tapia. Ya podía necesitar azúcar para el café, o manzanilla para un cocimiento porque a Ramiro le dolía la barriga, que si fideos para la sopa, que si un puñadito de sal... Todo tenía que proceder de nuestra casa.

Papá perdía los estribos.

-¿Pero es que esa mujer no tiene nada de comer en casa?

-¡Ay Pancho, que te va a oír! -Decía mi madre, cerrando las ventanas del cuarto.

Sueños y otros achaques

of activity to distract myself.

If I asked Papá for money, he would distractedly dig in his pockets without looking away from the screen, and I would walk away with both my palms together, heaping with coins of all sizes. I would go to the lobby to spend the last cent, and proceeded to consume chocolates and candies of all kinds, until my jaws hurt.

One day I amused myself by picking up cigarette butts from the floor and putting them in my sleeping mother's mouth. I found so many that her mouth became full in a very short time, but I continued stuffing them in until they started to spill out.

When Mamá abruptly woke up, she went into spasms, coughing desperately until she almost vomited right there. I got scolded in public, and everybody was very unpleasant to me during the ride back home. But I was really small then and had no idea that I could have killed Mamá.

"Child! Go call your mother!" Eloisa again interrupted my morning play with Filomeno. But this time she spoke from the floor, through the grid. "And don't yell! There are people still sleeping."

By the time I got up to get Mamá, the nosy woman had already climbed the wall and was looking at me from above. She must have been something of an ape, because she had to climb a long way to get there. I had peeked into her house from the door a few times, and noticed that the wash basin was close to the wall, and next to it, a series of shelves covered with flower pots. The shelves obviously served her as steps, as did an upside-down tin bassinet and several buckets.

Meanwhile, Filomeno had hid again, but this time he chose the thick ferns that grew next to the wall.

"What are you staring at, child? Earthworms? Have you lost your disgusting toad? Go and call your mother!"

"He's a frog, not a toad!" I was touchy about that.

In the last few months the neighbor's intrusions had increased to several at different times during the day. But we could always count on a first visit early in the morning, before Papá left for work.

She always had a reason to climb the wall. Whether it was sugar for coffee, chamomile for her husband's stomach ache, noodles for soup, or a handful of salt, she had to obtain it from us.

Papá lost his temper every morning.

"Doesn't that woman have anything to eat in her house?"

"Pancho! She's going to hear you!" Mamá cautioned, closing the bedroom windows.

"So what? It's too damned early to be begging!"

"What if she really doesn't have anything to eat? Wouldn't you be ashamed of your words?"

"No, because more than beg, she wants to spy. Even when you tell her we don't have sugar she doesn't get it. Besides, her husband's a drunk!"

"Shh! Pancho, please!"

Dreams and Other Ailments   117

-¿Y qué? ¡Es muy temprano para estar pidiendo!

-¿Y si no tuviera nada que comer en la fiambrera? ¿No te daría vergüenza?

-No, porque más que pedir, lo que quiere es espiar, pues aunque le digas que no tenemos esto o aquello, sigue pidiendo a diario. ¡Y el marido es un borracho!

-¡Shhhh! ¡Pancho, por favor!

Mamá nunca le había dicho a papá que Ramiro, borracho y todo, había sido quien había sacado a Braulio del fondo del pozo.

Una mañana temprano mi padre entró a mi cuarto.

-No quiero que te levantes hasta que yo te avise. Quédate en la cama. ¿Me lo prometes?

-Sí. ¿Pero por qué?

-Tengo que hacer algo para que esa mujer no se asome por la tapia más.

-¿La vas a matar? -Pregunté, sentándome en la cama.

-¡Claro que no! -mi padre soltó una risita, me besó la frente y salió, cerrando la puerta tras de sí.

Yo obedecí, quedándome en la cama contando las vigas del techo. Y pude oír cuchicheos provenientes de la habitación de mis padres.

Incapaz de resistir la curiosidad, decidí espiar. Tenía que subirme a un armario para mirar por las hendeduras de la ventana. Me había subido allí muchas veces para esconderme de mamá cuando llegaba la hora de la purga de aceite, pero nunca para asomarme al patio.

Me sorprendió descubrir cuánto podía ver desde una hendedura tan estrecha. Colocando el ojo en cierto ángulo podía ver el patio y hasta parte de la cocina.

Y en eso vi a mi padre salir al tenue sol de la mañana. Llevaba mi regaderita de esmalte rojo en la mano, y estaba completamente desnudo.

Se paró ante los jazmines, dejándoles caer el agua con lentitud. Le vi las nalgas, redondas, y peludas. Me costó un gran esfuerzo reprimir una carcajada. ¡Se veía tan cómico!

Allí permaneció papá hasta que por fin llegó el mágico momento.

Eloísa se asomó, abrió la boca para llamar a mi madre y quedó atónita, con los ojos desorbitados.

Papá, de cara a la tapia —y a Eloísa— con la regadera en la mano, se hacía el desentendido.

El estrépito fue ensordecedor cuando Eloísa cayó de su parapeto seguida de los baldes, la palangana y varias macetas de flores. Se oyó un grito agudo, y luego silencio.

Mi padre, sin perder la calma, terminó de vaciar la regadera sobre las plantas y entró como si tal cosa.

Eloísa se fracturó un tobillo y estuvo en cama por varias semanas. Su hermana Julieta vino a hacerse cargo de la casa, y para quitarse trabajo de encima depositaba a María Cristina en mi casa todas las mañanas, y no la llamaba hasta que mi padre llegaba del trabajo, mientras que mantenía a Eloísa sedada con infusiones herbales.

Mi madre le llevaba comida a Eloísa todos los días para ayudarle a sobrellevar su convalecencia, pero más para aliviar su conciencia. Eloísa como siempre, aceptaba

Mamá had never told Papá that Ramiro, drunk and all, was the one who got Braulio out of the well.

One early morning Papá entered my bedroom.

"I don't want you to get up until I tell you. Stay in bed. Promise?"

"Promise. But why?"

"I've got to do something to stop that woman from looking over the wall anymore."

"Are you going to kill her?"

"No. Of course not," he laughed, kissed my forehead, and left closing the door behind him.

I obediently stayed in bed counting the beams on the ceiling until I heard whispers coming from my parents' bedroom.

Bursting with curiosity, I decided to spy. I had to climb a tall wardrobe in order to peek through a crack between two shutters. I had climbed there many times before to hide from my mother when it was time for my mineral oil purge, but never to sneak a peek of the patio.

I was surprised to discover how much I could see from a tiny crack. If I placed my eye just so, I could almost see the entire patio, and all the way into the kitchen.

Suddenly, Papá emerged in the morning sun. He was carrying my bright red enamel watering can, and he was completely naked.

He stood in front of the jasmines, letting the water drip over them slowly. I could see his buttocks, small, round, and hairy. I repressed a stream of laughter. He looked so funny like that!

He stood there quietly, until the magic moment finally came.

Eloisa's head peeked over the wall, as usual. She opened her mouth to call my mother, but then she froze, her eyes almost popping out of their sockets.

Papá, facing the wall and Eloisa, held the little red can, pretending not to notice her.

The noise was deafening as Eloisa fell, followed by the buckets, the bassinet, and her flower pots. A piercing scream rose above it all, and then silence.

My father calmly emptied the watering can over the plants and came in as if nothing had happened.

Eloisa fractured her ankle and remained in bed several weeks. Her sister Julieta came to take charge of the house, but in order to lighten her load, she deposited Maria Cristina by our door every morning and did not call her in until my father came home from work. In the meantime, she kept Eloisa sedated with herbal infusions she prepared herself.

My mother carried daily plates of food to Eloisa to help her during her convalescence, but mostly to ease her nagging conscience. Eloisa, as usual, welcomed any edible contribution.

Those were happy days for me because my friend was always with me. We didn't even need to worry about the bugle voice cracking our happy bubble.

Once, during Eloisa's convalescence, Maria Cristina asked me:

todo tipo de contribución comestible.

Fué una temporada divertida para mí, pues mi amiga estaba siempre conmigo. No nos teníamos que preocupar de que la voz de corneta quebrara nuestra burbuja.

Una vez durante la convalecencia de Eloísa, María Cristina me preguntó:

-¿Tu padre anda en cueros por la casa?

-¿Mi padre? Lo vi sin ropas una sola vez. ¿Por qué me lo preguntas?

-Mi madre me dijo que saliera corriendo enseguida que él llegara del trabajo porque seguro que se iba a encuerar.

Y aquella fué la única vez que María Cristina me habló de su madre.

"Does your father walk around the house naked?"

"Papá? Only once did I see him naked. Why do you ask?"

"My mother told me to run home as soon as he arrived from work because he would probably get naked right away."

And that was the only time I heard Maria Cristina say anything about her mother.

January Letters

Las cartas de enero

Chicago, 10 de enero de 1987

Amado Gerardo:

¿Estás bien, mi amor? ¿Piensas en mi? Eso espero para consolarme, porque desde que estoy aquí no vivo. Sólo pienso en ti. Cada vez que cierro los ojos te veo allí en la plataforma, mirando hacia las ventanillas del avión sin saber con seguridad si yo estaba de ese lado, o si me habían puesto en el otro, el que tu no podías ver. Ojalá hayas notado el pañuelito azul que me diste. Lo desdoblé sobre la ventanilla, como una señal. ¿Lo viste, Pipo? Me da dolor pensar que yo podía verte a ti allí al sol, entre toda la gente, fumando, y mirando, mirando, y que tu no podías verme a mí.

La niña era la única que estaba contenta en el avión. Claro, como niña al fin, no sabe lo que significa el exilio, ni lo que tú y yo estábamos pasando ese día. Para ella aquello era una aventura.

Nuestra llegada a Miami fue apoteósica, ya te puedes imaginar. Toda tu parentela vino a esperarnos al aeropuerto, y hasta gente que yo no conocía. En casa de tu hermana no hacían más que embutirnos con comida y regalarnos cosas. Me tuvieron que regalar dos maletas más para que me lo pudiera traer todo a Chicago.

Me busqué tremendo berrinche con tu tía Chunguita porque quería que nos quedáramos a vivir con ella en su apartamento. Figúrate. Está tan decrépita la pobre que se le había olvidado que siempre tuvimos idea de venir a Chicago con tío Lolo y tía Felita. Se puso de lo más pesada, pero es que estaba loca con la niña.

Por cierto, que la niña me pregunta todos los días, ¿y cuando viene mi papi? Yo le digo que hay que tener paciencia, pero esa es una palabra muy grande para una niña tan pequeña. Ella siquiera puede distraerse con sus juegos y con la atención que le dan tío Lolo y tía Felita. Como los dos están retirados y hace tanto tiempo que no tienen niños chiquitos, se concentran en ella. La están malcriando muchísimo.

¡Ay, mi vida, qué frío hace aquí! Mis tíos no se pudieron mudar más cerca del Polo Norte. Olvídate del frío de la nevera del matadero. Y olvídate de los cuentos de Tomás de cuando fue al campeonato de ajedrez en Praga. Eso no es nada. Me pongo hasta calzoncillos largos y el abrigo grande de guata gorda de tío Lolo y todavía estoy con los dientes trepidando como castañuelas al asomarme al portal.

La nieve se ve muy bonita a cierta distancia pero no me hace feliz tenerme que meter en ella hasta las rodillas. Hasta me da miedo dejar salir a la niña a jugar

My Beloved Gerardo:

Are you alright, sweetheart? Do you think of me? It would bring me relief to know that you do, because since I came here I have no life. I only think of you. Every time I close my eyes I see you there on the platform, at the airport, looking at the windows of the airplane, without knowing for sure if I was on that side, or if they had made me sit on the side you couldn't see. I hope you noticed the blue handkerchief you gave me. I unfolded it over the window, as a signal. Did you see it, Pipo? It hurts me to think that I could see you there in the sun, among all those people, smoking and looking, looking without seeing me.

The baby was the only happy person in the plane. Of course, she's only a little girl and doesn't know what exile means, or what you and I were going through that day. To her, the whole thing was nothing but an adventure.

Our arrival in Miami was riotous, you can imagine. All your relatives came to greet us at the airport, even people I didn't know at all. At your sister's, all they did was stuff us full of food and give us presents. They had to give me two extra suitcases so I could bring everything to Chicago.

I had a little snag with your aunt Chunguita because she wanted us to stay and live with her in her little apartment. Imagine that! She's so decrepit, the poor thing that she forgot that we had always talked about moving up to Chicago with Uncle Lolo and Aunt Felita. She became really pushy, but I think it was simply that she was crazy about the baby.

By the way, the baby keeps asking me, "When's my papi coming?" I tell her that we have to be patient, but that's too big a word for such a little girl. She at least can be distracted by her games, her new toys, and all the attention that she's getting from Uncle Lolo and Aunt Felita. Since the both of them are retired and it's been so long since they've had a child in the house, they focus all their attention on her, and they're spoiling her terribly.

Oh, darling, it is so cold here! My aunt and uncle couldn't have moved any closer to the North Pole. Forget the cold in the freezer at the butcher house. And forget Tomás' stories of when he went to Prague for the chess competition. That's nothing. I wear long underpants and one of Uncle Lolo's thick quilted jacket, and my teeth still sound like castanets when I stand on the porch.

The snow is very beautiful at a certain distance but it doesn't thrill me to sink

en ella, pero la dejo así y todo. No la puedo meter en una celda para protegerla. Tío Lolo la lleva al patio forrada como un tamal, y yo los miro desde la ventana. Me da frío hasta allá abajo. ¡Ay Pipo, me haces <u>tanta falta</u>!

Un amigo de tío Lolo me encontró empleo enseguida. Es trabajo y hay que empezar por alguna parte, aunque sea fregando los pisos de un hogar de ancianos. Tu mujer, la agrónoma, está fregando pisos, y recogiendo orines y cacas de viejo. ¡Y con este frío! Que aún cuando hay calefacción adentro, al salir afuera después de estar sudando todo el día soy capaz de agarrar una pulmonía. Pero no te preocupes... Aquí voy a tener seguro de salud por el trabajo. Sin eso no se puede vivir aquí. El gobierno no se ocupa de esas cosas como allá. Allá es un consuelo saber que te reciben en el hospital tengas dinero o no, aunque no haya medicamentos. Aquí son capaces de dejarte morir si no pruebas que puedes pagar, y todo servicio de salud es carísimo.

El lunes empecé unas clases de inglés en una iglesia cerca de aquí. Sin eso tampoco se puede vivir aquí. Pero que conste que ya digo algunas cositas. Tu sabes, mi vida, que yo en silencio no puedo estar.

No sabes cuanto te echo de menos, especialmente por las noches. A veces me abrazo a la almohada para hacerme la idea de que estás conmigo. Pero entonces me entra mucha angustia, porque la maldita almohada no me hace cosquillas, ni me consuela, ni se alborota como tú. Tienes que ser tú, con tu olor a cigarros, sólo tú. ¿Cuándo volverá la Nochebuena? ¿Te acuerdas? Así llamabas tú a las noches de los sábados, que era cuando mima se quedaba con la niña y cuando más ganas teníamos de estar solos.

Tengo miedo de que te me vayas con otra. Prométeme que cuando tengas pensamientos impuros con alguna mulata culona te vas a acordar de mí y de todas las Nochebuenas que te he dado. Prométemelo.

¿Qué más te puedo decir? Vivo rezando por que te llegue la visa pronto. No le tengas miedo al frío mi amor, que aquí estoy yo para calentarte.

Cuando veas a mima dile que te escribí, y que estamos bien. Pero no le enseñes la carta aunque te caiga encima. Me daría pena que leyera estas cosas que te digo. Dile que le escribí a ella también y que ya le llegará. Bueno, no le he escrito todavía, lo haré en cuanto termine ésta. La pobre mima, tiene que estarle echando mucho de menos a la niña.

Cariños a Alfredito, a Rosa, a los jimaguas, a Fefo, a tía Hilda, a mis compañeros de oficina, y a mi amiga Vanessa, la de los altos de la farmacia.

No dejes de escribirme, Pipo. Hazlo por mí aunque te sea difícil. Acuérdate de que tu mujer pasa frío aquí y no deja de pensar en tí.

Recibe todo mi amor. Siempre tuya,

Clara

up to my knees in it. I'm afraid to let the baby go out to play in it, but I let her just the same. She loves it, and I can't keep her in a cage to protect her from everything. Uncle Lolo takes her out in the yard all bundled like a *tamale* while I watch from the window. I feel the cold all the way down to "there." *Ay, Pipo,* I miss you so much!

A friend of Uncle Lolo found me a job right away. It is a job and I have to start somewhere, even if I have to scrub floors in a home for the aged. Your wife, the agronomist, is scrubbing floors and picking up old people's urine and poop. In this cold weather! There's good heating inside, but when I get out wet and sweaty I can catch pneumonia... But don't worry, I now have health insurance. One can't live here without that. The government doesn't take responsibility for this like it does back home. Even if medicine isn't available at home, it's a relief to know that they'll take you in the hospitals whether you have any money or not. Here, they're capable of letting you die if you can't pay, and health services are terribly expensive.

This Monday I began to take English classes at a church nearby. One can't live here without that either. But you must know that I already speak a little. Remember that I can't be silent for long.

You don't know how much I miss you, especially at night. Sometimes I hug the pillow to dream that you are with me. But then I become very sad because the damned pillow doesn't tickle me like you do, or give me consolation, like you do, and it doesn't get "happy," like you. It has to be you, *Pipo,* you with your smell of tobacco, only you. When will we have our *Nochebuena* again? Remember? That's how you used to call Saturday night, when Mima took the baby home with her. We were desperate to be alone.

I'm afraid you'll leave me for another woman. Promise me that when you have impure thoughts about some *mulata* with a big rump you'll think of all the *Nochebuenas* that I've given you. Promise me.

What else can I tell you, Pipo? I live praying so that you receive your visa. Don't be afraid of the cold. I'm here to warm you up.

When you see Mima tell her I wrote to you, and that we're fine. Don't show her this letter even if she tackles you. I'd be embarrassed if she read the things I tell you. Tell her that I wrote to her too and that she'll receive it any day now. Well, the truth is that I haven't written to her yet, but I'll do it as soon as I'm done with this letter. Poor Mima, she must be missing the baby.

My love to Alfredito, Rosa, the twins, Fefo, Aunt Hilda, my co-workers, whenever you see any of them, and my friend Vanessa, the one who lives above the pharmacy.

Don't forget to write to me, Pipo. Do it for me even if it's difficult. I know you don't like to write. Remember that your wife is cold without you here and she misses you very much.

I send you all my love. Yours always,

Clara

Dreams and Other Ailments

Chicago, 12 de enero de 1988

Amado Gerardo:

¿Como estás mi amor? Tu última carta me dió mucha tristeza. Ten fe. fui a ver al abogado y me dijo lo mismo de siempre, que es cuestión de tiempo.

Ya la niña empezó a ir al kindergarten otra vez. Si la hubieras visto con la mochilita roja que le trajo Santa Claus... Le saqué una foto pero no las he podido llevar a revelar. Estaba hecha una muñeca. ¡Y tan contenta! La niña de al lado también va a la misma escuela, y yo creo que eso la ayudó a adaptarse. ¡Y lo bien que habla inglés ahora tu hija!

Me gusta mucho mi trabajo nuevo. Ya me dejaron al frente de la parte del vivero dedicada a los arbustos. El dueño quiere que empiece a revalidar mi título de agrónoma y está dispuesto a ayudarme a pagar la matrícula. Está contento con mi trabajo.

El sábado pasado tío Lolo y tía Felita nos invitaron a comer. Parece que ya se les pasó el disgusto que tenían porque nos mudamos a un apartamento. Si recibiste la anterior ya sabrás que tuvimos palabras. ¿Qué se le va a hacer? Ellos estaban empeñados en que la niña necesitaba un patio, como si fuera un pastor alemán. Tanto tú como yo nos criamos en apartamentos el La Habana, ¿qué daño le va a hacer a ella pasar un año o dos sin patio? Ya la situación no daba para más. Se meten en todo lo que yo hago. Insistieron en cuidar a la niña cuando regresa de la escuela. Acepté por pena, pero la verdad es que me la embuten de dulces y se está poniendo gordita. Yo sé que son muy cariñosos y de buenas intenciones, pero aquí hay que independizarse. Ya cuando tú llegues será distinto.

Recuerdos a Fefo, Hilda, Alfredito, y los jimaguas. Dile a Rosa que ya le escribí y a Vanessa que recibí su carta y le voy a contestar en unos días para felicitarla por su embarazo, (entre tu y yo... Me parece un disparate preñarse ahora como están las cosas).

Dile a mima que le pongo una en correos hoy.

Levanta el ánimo Pipo. Ya pronto nos vamos a ver. Me dio mucho sentimiento lo que me decías en la carta de que casi se te saltan las lágrimas cuando ves a una niña como la nuestra por la calle. Y que me echas tanto de menos. Ya pronto Pipo.

Yo todas las noches antes de acostarme pienso en ti, y lo primero que me viene a la mente por las mañanas es todo el tiempo que hace que estoy sin mi Nochebuena.

Recibe muchos besos de quien nunca te olvida.

Tu mujer,

Clara

Sueños y otros achaques

Chicago, January 12, 1988

My Beloved Gerardo:

How are you, my love? Your last letter saddened me. Have faith. I went to see the lawyer and he told me what he always tells me, that it's all a matter of time.

The baby started to go to kindergarten again. If you could have seen her with her little red backpack Santa Claus left her... I took pictures of her but I haven't been able to take them to be developed. She looked like a little doll. And she was so happy! The little girl next door goes to the same school and I think that has helped her adapt. Your daughter speaks English beautifully now!

I love my new job. I'm now the manager of the sappling nursery. The owner wants me to validate my agronomy degree and is willing to help me pay for my tuition. He's very happy with my work.

Last Saturday Uncle Lolo and Aunt Felita invited us to dinner. They finally decided to stop being mad at me for moving into an apartment. If you received my previous letter you already know that we had a few words. What could I do? They were arguing that the baby needs a yard, as if she were a German shepherd. Both you and I were raised in Havana apartments. What harm could there be in her spending two or three years of her life without a yard? The situation was tense. They have opinions about everything I do. They want to take care of the baby when she comes back from school. I accepted reluctantly because they've been stuffing her with too many sweets. She's getting chubby. I know they're affectionate and have nothing but good intentions, but one has to become independent in this country. When you get here it will be different.

Give my love to Fefo, Hilda, Alfredito, and the twins. Tell Rosa that I wrote to her, and tell Vanessa that I got her letter and that as soon as I can I'll write to congratulate her for her pregnancy. (Between you and me... I think it's crazy of her to have a kid now, with the situation as it is).

Tell Mima I'm sending a letter to her today.

Lift up your mood, Pipo. We will be together soon. I really was touched by what you said about tearing up whenever you saw a little girl like ours in the street. And that you miss me. Soon, Pipo, soon.

Every night, before I go to sleep, I think of you, and the first thing that comes to my mind every morning is all the time that I haven't had my *Nochebuena*.

Receive many kisses from your woman, who never forgets you.

Clara.

Amado Gerardo:

Hoy hace dos años que nos dijimos adiós y todavía me parece que fue ayer. Tanto ha pasado desde entonces que ya ni lo puedo enumerar todo. He pasado mi poco de trabajo, pero en general he tenido suerte hasta ahora. Lo único que me falta para estar completa eres tú.

La enfermedad de mima me tiene muy preocupada, pero parece que Rosa y Alfredito se están haciendo cargo de sus cosas. Al menos son agradecidos por todo lo que mima ha hecho por ellos.

También me preocupa tu silencio. Hace ya dos meses que no recibo carta tuya. Gracias a Rosa, que me escribe sin falta, me mantengo enterada de lo que pasa allá. Pero ni ella me supo decir nada de ti la última vez, sólo que no estás enfermo. ¿Es que pasa algo? Lo último que supe por ti era que estabas impaciente por que te llegara la visa, que había cosas que te preocupaban, pero no me podías contar.

Pipo, por tu madre, no te vayas a meter en nada que te pueda causar un problema. No provoques a nadie. Ni siquiera mires a nadie cuando estés de mal humor. Te ves muy amenazador. Sonríe, Pipo, sonríe por mí.

A veces temo que no me escribes por culpa de otra mujer. Yo sé que los hombres no aguantan mucho tiempo solos. ¿Qué hago, Gerardo? ¿Preocuparme? Si eso es lo que quieres, ya puedes darme una tregua porque ya me he preocupado bastante. Como se trate de otra mujer, no sé qué haría. De lo único que estoy segura es de que no me voy a volver loca ni me voy a quedar sola mucho tiempo tampoco. No faltará quien me quiera que yo todavía estoy bastante buena. No me voy a morir por ti, Gerardo. No me voy a morir.

La niña sigue preguntando por ti y reza todas las noches por que podamos ser una familia nuevamente. Si tan siquiera por tu hija, escribe por favor.

Tu mujer, que no te olvida,

Clara

Chicago, January 3, 1989

My Beloved Gerardo:

Two years ago today, we said goodbye to each other, and it feels as if it happened yesterday. But so many things have happened since then that I can no longer keep track. It has been difficult, but I've had a few rewards. I've been lucky. But I won't be complete until you're with me.

I'm worried about Mima's illness. At least it seems that Rosa and Alfredito are taking care of her. I'm pleased to see that they're grateful to her for all she's done for them all their lives.

Your silence worries me most of all, though. It has been two months since I got a letter from you. Thanks to Rosa, who writes regularly, I know what's going on back home. But not even she could tell me much about you in her last letter. She just said that you weren't ill. Is something wrong? The last thing you said was that you were very impatient to join us and there was something that worried you but you couldn't tell me.

Pipo, I beg of you, don't get in any kind of trouble. Don't provoke anyone. Don't even look at anybody when you're in a bad mood. You tend to look very threatening. Smile, Pipo, smile for me.

Sometimes I have the suspicion that you don't write because you've been distracted by another woman. I know that men can't be alone for very long. What do you want me to do, Gerardo? Do you want me to worry? If that's all you want you can give me a break now. I've worried plenty. If you're with another woman, I don't know what I'd do. But there's one thing I'm sure of. I won't go crazy, and I won't be alone for long either. I can easily find someone who would love me. I still look good. I'm not going to die because of you, Gerardo. I love you, but I'm not going to die.

The baby keeps asking about you and she prays every night so that we can be a family again. If only for your baby, please write.

Your wife, who won't forget you,

Clara

Amado Gerardo:

Imploro a Dios que cuando ésta llegue a tus manos ya te hayan soltado. Llevas un año preso, y como creo que te has "portado bien," ya debes haber cumplido tu condena. Si no te han soltado, Rosa te llevará la carta, como siempre. Espero que tu próxima carta la escribas donde puedas ver el sol.

Pipo, por favor, prométeme que no te vas a meter en ningún lío. Ya ves lo que te ha costado. Lo que nos ha costado. No eres tú sólo el que ha estado tras las rejas, pues al estarlo tú, también lo estoy yo. Ojalá me hubieras estado engañando cuando tuve mis sospechas. Mejor eso que saberte prisionero político. Pero al menos pronto comerás un poquito mejor y dormirás sobre un colchón. Mima está guardando la carne de su cuota para que te recuperes a tu regreso.

Voy a hablar con el abogado a ver si hay alguna manera de acelerar tu salida aunque me cueste todos mis ahorros.

También pienso que a lo mejor hay algún cambio, quién sabe. Si ha habido cambios en otros países socialistas, ¿por qué no en el nuestro? Ten fé, mi amor.

El trabajo va de maravilla. Ya a fin de año espero abrir mi propio vivero. A la gente le encantan las plantas. En invierno el negocio se estanca, pero en la primavera nos desquitamos. Imagíname amor, yo, la mujer de negocios. ¿Quién lo hubiera pensado?

La niña te manda un beso. Si vieras lo linda que se ha puesto. Dice que lo que más quiere en este mundo es un hermanito. Como en la escuela aprende tanto, ya sabe que no lo puedo tener yo sola sin tu ayuda. Pronto, mi amor.

Tuya,

Clara

Chicago, January 20, 1990

My Beloved Gerardo:

I pray to God that when you receive this letter, you're out of prison. You have been there a year, and since I want to believe you have shown "good behavior," you should be done with your sentence by now. If you're not out yet, Rosa will take this to you, as usual. But I'll assume that your next letter would be from a place where you can see the sun.

Pipo, please, I need you to promise me that you will stay away from trouble. Look at how it has cost you. How it has cost us. You're not the only one who's been behind bars. If you are, so am I. I wish now that you would have been cheating on me when I suspected it. That was better than knowing you a political prisoner.

But soon you will at least eat a little better and sleep on a real mattress. Mima has saved her ration of meat so that you can recover when you come back home.

I'm going to go talk to the lawyer to see what he suggests we could do to accelerate your departure, even if it costs me every penny I've saved.

I also want to think that maybe there are changes taking place. If other socialist countries have become democratic, why not ours? Have faith, my love.

My job is going well. By the end of the year I expect to open my own nursery. People love plants here. During the winter business is slow down of course, but we make up for it in the spring. Imagine, me, a businesswoman. Who would have thought?

The baby sends you a kiss. If you could see how pretty she's becoming. She tells me that she wants to have a little brother or sister. And since they teach her so many things in school, she knows that I can't do it without you.

Soon, my love.

Yours,

Clara

Chicago, 15 de enero de 1991

Amado Gerardo:

Estoy alarmadísima con tu última carta. ¿Cómo eres capaz de pensar tal cosa? ¿Cómo crees que voy a estar mejor si me olvido de ti? Me suenas muy negativo. Creo que tengo que explicarte algunas cosas aunque te causen dolor.

En primer lugar, el hecho de que me vaya tan bien no quiere decir que tú seas menos hombre. Sí, es verdad que mi trabajo me absorbe. Gracias a Dios. ¿Qué sería de mí si no? ¿Cómo iba a poder criar a nuestra hija en un hogar alegre si no trato de levantar mi propio ánimo?

Esperar por ti es también parte de mi vida. Tú eres mi hombre, el que escogí como compañero de por vida. Estoy dispuesta a enfrentarlo todo y seguir esperando. Tengo conmigo nuestro fruto y eso me consuela. Mi nueva posición no cambia nada en cuanto a mis sentimientos hacia ti. Si te sientes poca cosa es porque quieres. Tú eres tan profesional como yo, y como lo he hecho yo, vas a tener que empezar a trabajar en algo que no es tu campo. Puedes ayudarme en el vivero si quieres, pero si piensas que eso te va a humillar, tú eres quien pierde.

Recuerda lo mucho que descansé en ti cuando la muerte de papá, y cuando estuve sin trabajar, y cuando nació la niña. ¿Qué tiene de particular que tengas que depender de mí por un tiempo?

En cuanto a tus dudas en cuanto al frío y al inglés, son obstáculos si uno permite que lo sean. Por favor, Pipo, no seas tan negativo. Piensa en todo lo bueno que te espera por acá.

Solo quiero que estemos juntos. Tuya,

Clara

My Beloved Gerardo:

I was very alarmed by your latest letter. How can you even think those things? How do you think it possible that I'd be better off without you? You sound so negative! I will have to explain a few things to you, even if they hurt you.

First of all, my being a successful businesswoman doesn't make you any less of a man. Yes, it is true that my job absorbs a lot of my energy. Thank God. What would happen to me if I didn't? How could I raise our daughter in a happy home if I couldn't lift my own spirits?

Waiting for you is part of my life. You are my man, the one I chose for my lifetime partner. I'm ready to face anything and to continue waiting. I have our fruit with me and that gives me consolation. My new position in life doesn't change my feelings toward you. If you feel small and worthless, that's your choice. You are every bit as much a professional as I am, and like I had to do, you will have to work in something that isn't your field. You can help me in the nursery if you want, but if you think that would humiliate you, you are the loser.

Remember how much I relied on you when Papá died, or when I was laid off, or when the baby was born? What threat is it for you to have to depend on me for a while?

As far as your doubts with respect to the cold and having to learn English, what can I say? Those are obstacles if you let them be. Please, Pipo, don't be so negative. Think of all the good things that you'll have here.

All I want is for us to be together.

Yours,

Clara

Chicago, 9 de enero de 1992

Querida Rosa:

Espero que estén todos bien por allá.

Agradezco mucho tu carta y tu interés, como siempre. Sé que estás deseosa de noticias, así que te pondré al tanto de los acontecimientos.

Gerardo está bien de salud, pero sus ánimos están en el subsuelo. No le gusta Chicago. Claro, con este frío... Sigue hablando de que por qué no nos mudamos para Miami, pero yo, ni loca que estuviera, después de todos mis logros aquí, no voy a caer allá donde toda la parentela de él se va a meter en mi vida. Pues como bien sabes, todos los parientes que tenemos en la Florida son familia de él, no mía. Pero te digo la verdad, con tal de no verle esa perenne cara larga preferiría que se fuera él para allá aunque volvamos a estar separados.

Por otro lado, mima está de lo mejor. Se va adaptando sin problemas a pesar de que ella fue la última en brincar el charco. Pero claro, para ella la niña es lo primero. Dice que con tal de verla a menudo no le importaría vivir en la letrina del mundo. Mima es así. Me ayuda mucho con las cosas de la casa y se desaparece en el sótano por la noche para dejarnos tiempo solos a Gerardo y a mi. Ella siempre encuentra algo que hacer, y le encanta que la niña le enseñe inglés. Pero a pesar de su empeño no aprende nada. Ya tiene la azotea resbalosa y no se le pega nada.

Mi negocio va de maravilla y me encanta mi trabajo. La única espina en mi costado es la incomodidad de Gerardo. Y si él supiera, Rosa, cuántas veces me veo tentada... Una vez te conté que mi antiguo jefe estaba muy interesado en mi, ¿te acuerdas? Pues aún lo está. Es una maravilla de hombre. Es mayor que yo, cincuentón, pero muy bueno con la niña, y le encanta ver como me desenvuelvo con el negocio. Todo lo contrario de Gerardo, que no quiere ni pararse en el vivero. Algún complejo de inferioridad.

Con Melvin, mi antiguo jefe, sería una vida muy similar a la que llevé antes que llegara Gerardo, pero tendría un compañero que no se achica con mis triunfos, al contrario, estaría orgulloso de mi. Pero yo sigo queriendo a Gerardo a pesar de toda la amargura que nos ha traído a la casa. Tengo la esperanza de que recapacite, o de que se despierte un día y se dé cuenta de todo lo que tiene. Me siento defraudada, pero no vencida.

Bueno prima, debo regresar al trabajo.

Cariños a Alfredito, a los jimaguas, a Fefo, y a tía Hilda. A Vanessa también le voy a escribir.

Un abrazo,

Clara

Chicago, January 9, 1992

Dear Rosa:

I hope you're all well.

I'm grateful for your letter and your affection, as always. I know you must be itching for news, so I will bring you up to date.

Gerardo is well, but his spirit is in the dumps. He doesn't like Chicago. Of course, it's so cold... He keeps talking about us moving to Miami, but I won't do that under any circumstances. After all I've achieved here, why would I go to where all his relatives will try to manage my life? Because, as you well know, all the Miami relatives are his, not mine. I confess that in order to avoid his long face I'd prefer him to go there if he wants, even if we're separated again.

Mima is doing great, on the other hand. She has adapted very well even though she was the last one to make the jump. But, naturally, to her the baby comes first. She says that as long as she's close to her granddaughter she doesn't care if she has to live in the world's latrine. Mima is like that. She has been a great help with everything in the house. She even disappears in the basemant at night to leave Gerardo and me alone. She always finds something to occupy herself with, and she loves it when the baby teaches her English. But in spite of her efforts, she learns nothing. I think her brain is getting slippery and nothing sticks anymore.

The business is going well and I'm happy with my work. The only thorn in my side is Gerardo's unhappiness. If he only knew how many times I've been tempted... I once told you that my former boss was interested in me, remember? Well, he still is. He's a wonderful man. A little older, like in his fifties, but he's good with the baby, and he loves to see me doing well. The opposite of Gerardo, who doesn't even want to enter the nursery. I guess it's an inferiority complex.

With Melvin, my former boss, I would have a life much like the one I led before Gerardo came, but at I would have a partner who doesn't feel threatened by my success, on the contrary, he would be proud of me. But I still love Gerardo in spite of all the bitterness that he has brought with him. I still hope that he will change, or that he will wake up one day and appreciate what he has. I'm disappointed, but not defeated.

Well, cousin, I must get back to work.

Give my love to Alfredito, the twins, Fefo and Aunt Hilda. I will write Vanessa next.

Receive a hug from,

Clara

Miami, 16 de enero de 1993

Querida Rosa:
Sólo unas líneas para decirte que regreso a Chicago con la niña.

Mi decisión no quiere decir que el negocio vaya mal, al contrario, va muy bien y lo voy a vender por una buena suma. Lo que pasa es que aunque hice lo que Gerardo quería, aún no está contento. Rehusa a trabajar conmigo en el negocio, y no encuentra ningún empleo que le acabe de gustar. Nada, que yo creo que me lo traumatizaron tanto aquel año que estuvo preso y ya nunca a vuelto a ser el mismo.

La niña le echa de menos a sus amiguitos de Chicago. Estos cambios son terribles a su edad.

Miami es muy difícil. Al principio es una maravilla porque andas por la Calle Ocho y te llegan todos esos olores tan familiares, y la gente habla tu idioma, y hace calorcito. Pero luego te das cuenta de que toda la parentela tiene que opinar sobre lo que debes hacer. Aquí la gente habla mucho sobre todo lo que perdieron. ¿Sabes que todos eran ricos antes de salir de Cuba? Todos tenían fincas, ganado, casas, cristales y criadas. Tanta gente dice haber tenido tierras que ya el territorio abarca tanto como Canadá y Estados Unidos juntos. Nuestra pequeña isla es todo un continente en Miami.

Ya podrás imaginarte que esto significa divorcio para Gerardo y para mí. Bastante me sacrifiqué, siempre pensando en su llegada, y manteniedo una distancia respetable entre Melvin y yo.

Melvin quiere que nos mudemos en su casa enseguida. Pero yo no lo voy a hacer. Nos quedaremos con tio Lolo y tía Felita hasta que yo encuentre un apartamento. Mudarnos con Melvin no sería bueno para la niña, con lo que quiere a su papá. Y yo no quiero caer en otra trampa. Por ideal que sea Melvin, en su casa siempre sería yo la de afuera.

Ya te contaré. Recibe un abrazo de

Clara

Sueños y otros achaques

Dear Rosa:

I'm writing you to let you know that I'm returning to Chicago with the baby.

My decision is not because the business is not doing well. On the contrary, the business is booming here too, and I'm selling it for a good amount. The thing is that though I ended up doing what Gerardo wanted, he still isn't happy. He refuses to work with me in the nursery, but he can't find any job he can consider good enough for himself. I think he was so traumatized as a political prisoner that he's been scared for life.

The baby misses her friends from Chicago. These changes can really do her harm.

Miami is very different in many ways. At the beginning it's wonderful because you walk down Calle Ocho and you get a whiff of familiar smells, and people speak your language, and it's warm. But later you realize that everyone has an opinion about what you should do. People here talk about everything they lost back home. Did you know that everybody was rich before they left Cuba? Everybody had farms, and cattle, and buildings, and fine crystal and maids. So many people say they had land back home that I think the territory should approach the size of Canada and the U.S. combined. Our little island is a huge continent in Miami.

You can guess that this means divorce for Gerardo and me. I already sacrificed plenty, always thinking of him, and keeping a respectable distance between Melvin and me.

Melvin wants us to move into his house right away. But I won't do that. We're going to stay with Uncle Lolo and Aunt Felita again until I find a place. Moving with Melvin wouldn't be fair on the baby, she loves her *Papi* too much, and I don't want to fall in a trap. It doesn't matter how ideal a man Melvin is, in his house I would always be the outsider.

I'll keep you posted. Receive a hug from,

Clara

Chicago, 10 de enero de 1994

Querida Rosa:

Me alegra que todo el papeleo vaya en camino y que en pocos meses les han de llegar las visas.

Aquí estamos de lo mejor todos, gracias a Dios. Gerardo encontró un socio con quien abrir una pequeña ferretería. Yo sabía que si él ponía de su parte iba a poder echar adelante aquí en Chicago con inglés o sin inglés, y con el frío. Parece que lo que necesitaba era ver que yo me iba de Miami sin él, y que después su propios parientes lo acosarían tal y como le dije que lo harían. ¿Qué será lo que les pasa a los hombres por la cabeza cuando tienen miedo y se sienten inseguros? Yo creo que como es más fácil para nosotras las mujeres decir "me lo hago en los pantalones de miedo." Los hombres tienen que sufrir en silencio, por eso tienen más infartos y embolias que nosotras.

Bueno Rosa, vuelvo al trabajo. Ya sabes que los esperamos con mucho cariño.
Un abrazo de,

Clara

Sueños y otros achaques

Chicago, January 10, 1994

Dear Rosa:

I was happy to know that all your papers are in order and now it's only a matter of waiting a few months for the visas.

We're doing very well, all of us, thank God. Gerardo found a business partner and they're ready to open a small hardware store. I knew that if he made an effort he could make it here in Chicago with or without English and in spite of the cold. It seems that all he needed was to know that I would really leave Miami without him, and to realize that his family would drive him crazy like I told him they would. Who knows what goes through men's heads when they're afraid and insecure? It's a lot easier for us women to say "I'm so afraid I could go in my pants." Men have to suffer in silence. That's why they suffer more heart attacks and strokes than we do.

Well, Rosa, I've got to get back to work. You know we are waiting for you with open arms.

Receive a hug from,

Clara

Legacy

Legado

-¡Carlos! Este edificio no tiene ascensor -Patricia miró a su alrededor.

-Y es verdad, cariño. ¿En qué piso decía la carta?

-En el séptimo. Mejor ve tú sólo. Yo me quedo aquí esperándote. El viaje me dejó exhausta.

-También yo estoy exhausto. Y prefiero tener compañía.

-Pero mi vida, tú eres quien tiene cita con el abogado. Es tu herencia. Si lo que te toca es una pila de chavos, subir siete pisos no va a ser nada. Ni lo vas a sentir.

-No voy a ser rico de la noche a la mañana, pero todo lo que es mío es tuyo también.

-Deja. Yo me quedo aquí de todos modos.

-¿Y si tardo mucho?

-¡Qué niño eres! Me podrás encontrar en aquella cafetería tan bonita al otro lado de la plaza. Esa. ¿La ves?

-Sí. La del toldo verde.

Patricia salió a la calle y Carlos subió sin apresurarse, pues no quería entrar a la oficina del abogado con la lengua afuera.

Al llegar al séptimo, tomó resuello, se ajustó la corbata, y leyó el rótulo que había sobre la puerta de cristal nevado.

SEÑOR BASILIO BERGANZA BORREGO, ABOGADO

Carlos trató de hacer girar el pomo de la puerta, pero estaba cerrada con llave. Buscó el botón del timbre, pero no había ninguno. Entonces repicó con los nudillos sobre el marco tres veces y esperó, alisándose la chaqueta y ajustándose el nudo de la corbata una vez más.

Oyó a alguien moverse, una silla al ser arrastrada por la habitación y al poco rato adivinó por el cristal una figura de mujer quien, vestida de verde chillón, le abría la puerta.

La mujer lo miró, como esperando una explicación. Era atractiva, pero tenía el pelo completamente revuelto y las ropas ajadas.

-Soy Carlos Vila.

-¿Y?

-Tengo cita con el Señor Berganza.

-Ya veo, usted ha de ser el americano. ¡Qué puntual! Nadie es tan puntual por aquí. Pase, pase.

"Carlos! This building doesn't have an elevator!" Patricia searched around the tiny lobby.

"You're right, darling. What floor does the letter say?"

"Seventh." Patricia handed him the envelope. "You better go on by yourself. I'm too jet-lagged and exhausted."

"I'm exhausted too and I'd rather have company," Carlos pouted, half-joking.

"But sweetheart, you are the one who has an appointment with the lawyer, not me. It is your inheritance. If you become rich, seven floors will be nothing. You won't even feel them."

"This won't make me rich, I'm sure, but whatever I get is yours too."

"That's alright. I'll stay right here just the same."

"What if it takes a long time?" Carlos insisted.

"Don't be such a baby! You'll find me in that pretty cafeteria across the plaza. That one. Do you see it?"

"Yes. The one with the green awning."

Patricia walked out of the building while Carlos went up the stairs very slowly. He hated the idea of entering the lawyer's office with his tongue hanging out.

Once he reached the seventh floor, he paused to catch his breath and straighten out his jacket and tie. The sign painted on the frosted glass door, read:

SEÑOR BASILIO BERGANZA BORREGO, ATTORNEY

Carlos tried to turn the doorknob, but the door was locked. He then looked for the buzzer, but there wasn't a button anywhere. So he tapped with his knuckles on the door frame and waited for a response, still tugging on his jacket and tightening the knot of his tie.

He heard someone moving hastily inside, and a chair being dragged across the floor. Then he saw through the glass the figure of a woman dressed in bright green, unlocking the door.

She looked at him, as if expecting an explanation. She was attractive, though her hair was in total disarray and her clothes crumpled.

"My name is Carlos Vila."

"And?"

"I have an appointment with Mr. Berganza."

Dreams and Other Ailments   145

Carlos siguió a la mujer hacia el recibidor.

-Por favor, siéntese- Le señaló un sillón solitario, y desapareció tras una puerta. Regresó cinco minutos más tarde más compuesta. - El Señor Berganza está listo para usted.

La joven sostuvo la puerta abierta, y Carlos casi tropezó con el abogado, que se adelantaba a saludarlo con la mano extendida.

- Adelante, adelante joven. Siéntese.

El abogado se sentó detrás del escritorio y abrió un portafolio.

-¡Qué puntualidad! -carraspeó,- Antes que nada, tengo que ver algún tipo de identificación, preferentemente un pasaporte, ya que usted ha venido de América.

Carlos extendió su pasaporte.

-¿Pero usted vive en Estados Unidos?

-Sí. ¿Qué tiene de particular?

-No, nada. Es que yo le he escrito a usted a Puerto Rico.

-Mi hermana vive allí en la casa que nos dejaron mis padres. Ya hace años que vivo en Nueva York.

-Veo que a los puertorriqueños les expiden pasaportes estadounidenses.

-Sí. Mucha gente allá no sabe que somos americanos también. Nos piden nuestros papeles de inmigración pensando que somos de Centroamérica y que entramos ilegalmente al país.

-La ignorancia es terrible. Desafortunadamente los españoles tenemos que bregar con mucha ignorancia también. Mucha, amigo mío.

-Yo creo que en todas partes...

-No. No hay ignorancia como la que tenemos aquí. Si lo sabré yo, que debo lidiar con bestias todos los días de mi vida.- El abogado sacó un sobre grande del portafolio. - Pero bueno, vamos al grano. Aquí tengo, muy en orden, todos los papeles firmados por su señor tío. Su tío—que en paz descanse fue un gran hombre. Mi más sentido pésame.

-Gracias. Pero debo serle sincero. Yo apenas conocí a mi tío. En realidad, era mi tío-abuelo. Tío de mi madre.

-Da igual. Un tío es un tío. Y el suyo era muy querido por todos.

El abogado abrió un cajón de su escritorio y extrajo una botella de Chivas Regal y dos copas.

-¿Una copita?

-¿Cómo? Pero si no son ni las once de la mañana...

-No faltaba más, amigo. ¿Ni siquiera para brindar por la paz eterna de su tío, y para celebrar la fortuna que le ha traído a usted aquí?

-No, gracias, de veras. Es que no quiero dilatar mucho este asunto. Mi esposa...

-¿Casado ya? ¿Ha dejado a su esposa en casa?

-No. Ella está abajo.

-¿Y por qué no ha subido? ¡Deje, no me diga! - guiñó un ojo-. Usted no quiere que sepa todos los pormenores de lo que ha heredado...

-No. No es eso...

-Tan joven y ya casado. ¡Qué pena! Yo nunca me he de casar. Mientras haya secretarias... ¡Ja-ja-já! Bueno. Al grano. ¿Está usted enterado de lo que le ha dejado

"I see... You must be the American! How punctual of you! Nobody is ever so punctual around here. Come on in, please."

Carlos followed her inside.

"Please sit down," she pointed at one lonely armless chair.

The woman disappeared behind a door. Five minutes later she returned, every hair in place. "Mr. Berganza is ready for you."

As the woman held the door open, Carlos almost collided with the lawyer, who approached with his arm extended for a handshake.

"Come on in, come on in, young man. Sit down."

The lawyer sat down behind his desk and opened a portfolio.

"You are so punctual!" He cleared his throat. "But before we start, I will have to see some form of identification, preferably a passport, since you come from abroad."

Carlos gave him his passport and driver's license.

"Do you live in the United States?"

"Yes. Is there a problem with that?"

"Not at all, not at all. It's just that I wrote to an address in Puerto Rico."

"My sister lives there, in the house my parents left us. I've been in New York for years."

"I guess Puerto Ricans are issued American passports then?"

"Yes. Many people don't realize that we're Americans too. We are often asked to clarify our migratory status. They think we are from Central America and that we came into the country illegally."

"Ignorance is the worst evil! We Spaniards have to contend with a great deal of ignorance as well. A great deal, my friend."

"I think that happens everywhere..."

"No. There's no ignorance like the ignorance we have here. I know because I have to deal with beasts every day of my life." The lawyer took a large manila envelope out of the portfolio. "But anyway, let's go to the point of your visit. Here I have, in good order, all the papers your uncle signed. Your uncle— may he rest in peace— was a great man. My condolences."

"Thank you. But I must be sincere. I hardly knew my uncle. He was really my great-uncle, my mother's uncle."

"It doesn't matter. An uncle is an uncle. Everyone loved yours."

The lawyer opened a drawer and took out a bottle of *Chivas Regal* and two glasses.

"How about a drink?"

"What? But it's not even eleven in the morning..."

"Oh, c'mon, my friend! Not even a little toast to your uncle's peaceful rest? Or to celebrate the good fortune that has brought you here?"

"No, thanks, really. I don't want to delay this too much. My wife..."

"You're married already? Did you leave the wife at home?"

"No. She's downstairs."

"Why didn't you bring her up here? No, don't tell me!" He winked. "You probably don't want her to know all the details of your uncle's will..."

---

su tío?

-No, en lo absoluto. Pero creo recordar a mi madre decir que su tío tenía un terreno en los Pirineos.

-¿Un terreno? ¡No, Señor Vila! ¡Tierras! De las mejores de toda la región. En la montaña, con frutales, un pequeño riachuelo, y la casa, que aunque vieja, está en buenas condiciones... -El abogado hizo una pausa al notar la expresión atónita de Carlos-. ¿En verdad no sabe usted nada acerca de la propiedad?

-No. Ya le digo que apenas conocí a mi tío. Cuando tenía cuatro años mis padres me trajeron a España y lo visitamos, pero no recuerdo...

-¡Pues vamos! -El abogado se levantó.

-¿A dónde?

-A que vea lo que ha heredado usted, Señor Vila. Prepárese para una sorpresa.

-Pero... ¿No tengo que ver unos papeles?

-Claro, claro, disculpe. Todo esto es suyo, -le alargó el abultado sobre.

-¿No me va a explicar usted...?

-Pues si, desde luego. A ver... - extendió la mano para recibir el sobre nuevamente, y se sentó a sacar papeles.- Aquí encima tenemos una cartita sellada que su señor tío le dejó para que la leyera usted antes que nada. Tenga usted. Según me dejó saber su señor tío—que en paz descanse— todo está explicado allí. Lo demás no es más que formalidades y papeles que firmará usted cuando guste.

Carlos tomó el sobre en sus manos y miró al abogado.

-¡Venga, Señor Vila, léala!

Carlos abrió el sobre con cuidado. El papel había amarilleado desde que su tío escribiera la carta. Lo desdobló y quiso leer, pero todo se le hacía una nebulosa. El Señor Berganza estaba allí frente a él, recostado en su sillón y con un pié sobre el escritorio, esperando.

Se sentía incómodo, pero empezó a leer, arrastrado por una inquietante curiosidad.

Mirapicos, 11 de mayo de 1970

Mi querido sobrino Carlitos:

Cuando tengas esta carta en tus manos ya yo habré pasado a mejor vida. Estarás sentado frente a un abogado que no es más que un bribón, pero es de un pueblo no lejos de aquí y es el hijo de mi oculista. Tú habrás venido de América, y ya sabrás que todo lo que tengo es tuyo. Te preguntarás por qué te he seleccionado a ti como heredero. Y claro, mereces una explicación que te daré enseguida, ya que aún tengo la mente en buen orden.

Hace muchos años tus padres vinieron a visitarnos, y te traían a ti muy pequeño. Eras un golfillo muy simpático. Nadie que te pasara por al lado iba a dejar de notarte, si es que te quedabas quieto un ratito. Y eras la imagen viva de Jeromín, el hijo que la Beni y yo perdimos en un accidente ferroviario mucho antes de que tú hubieras nacido. Y como nunca pudimos tener más hijos, y mis otros sobrinos estarán deseosos de que me muera para ver qué les toca en la repartición, la Beni y yo decidimos que fueras tú mi heredero, porque no me conoces a derechas y porque no esperas nada de mí. Así me sabe mejor redactar mi testamento a tu favor.

Sueños y otros achaques

"No. It isn't that..."

"So young, and already married. What a pity! I will never get married. Not while there are young secretaries. Ha-ha-ha! Well, to the point. Do you have any idea of how much you are to receive?"

"Not at all. But I seem to recall my mother talking about her uncle having a plot of land somewhere in the Pyrenees."

"A plot of land? No, Mr. Vila! Lands! You uncle has left you some of the best land in the whole region!

Up on the mountains, with a fruit orchard, a little brook, and the house, which is very old, but in good condition." The lawyer paused, noticing Carlos' astonished expression. "You really don't know anything about the property, do you?"

"No. I told you that I hardly knew my uncle. When I was about four years old my parents brought me to Spain to visit him. I don't remember much."

"Let's go, then." The lawyer stood up.

"Where?"

"To see your inheritance, Mr. Vila, and prepare yourself."

"But don't I have to see some papers?"

"Of course, of course. I'm sorry. This belongs to you." The lawyer handed him the stuffed manila folder.

"Will you explain...?"

"Yes, yes, of course. Let's see." He sat down with a sigh, took the envelope again, and began to pull papers out. "On top, you have a sealed letter that your uncle requested you read first. Here. According to your uncle—may he rest in peace—reading the letter will clarify many things for you. The rest is all formalities, papers you will sign when you see fit."

Carlos took the envelope in his hand and looked at the lawyer.

"C'mon, Mr. Vila, read it!"

Carlos opened the envelope carefully. The paper had turned yellow since his uncle had written the letter. He unfolded it and tried to read, but everything became a blur in front of his eyes. Mr. Berganza was sitting across from him, leaning back on his chair, with his foot on the desk, waiting.

He felt uncomfortable, but started to read, driven by a burning curiosity.

Mirapicos, May 11, 1970

My dear nephew Carlitos:

When you finally have this letter in your hands, I will have already passed to a better world. You'll be sitting in front of a lawyer who's nothing but a bandit, but he's from a village nearby and he's the son of my eye doctor. You will have come all the way from America and by now should know that everything that I have is yours. You will ask yourself why I chose you as heir, and since you deserve an explanation, I'll give it to you, while I still have my wits.

Many years ago your parents came to visit, and they brought you along. And a very appealing little rascal you were. No one who went by you could avoid noticing you, if you stayed

Nunca puse empeño en conocerte de mayor porque quería que perdurara la imagen del golfillo. Sabíamos de ti porque tu madre nos contaba de tus estudios y de cómo te habías hecho un hombre de bien. Pero yo siempre recuerdo como el pequeño Carlitos, como recuerdo a Jeromín. No quise verte convertido en lo que nuestro hijo nunca alcanzó a ser.

Por eso, Carlitos, te lo dejo todo. Mi paraíso, donde La Beni y yo nos quisimos, donde nació Jeromín, donde nací yo, y donde con toda seguridad he de morir.

Solamente te pido una cosa. Te lo pido porque estoy viejo, porque pronto voy a unirme con la Beni, y simplemente para preocuparte. Para eso estamos los tíos viejos, para fastidiar a los jóvenes, para jamás decirles cuanto les va a tocar, y en algunas ocaciones afortunadas dejarles lo suficiente para que se peleen entre sí. Pero no peleará nadie contigo, pues ya estarán advertidos de lo irreversible de mi decisión por medio de una carta del notario que le ha de llegar a cada uno a la hora de mi muerte.

Pero volviendo a lo anterior, lo que quiero es que dejes América, que vengas a vivir a Mirapicos, y que no permitas que nadie haga de mi paraíso un hotel, un mesón, o un circo para turistas. No te preocupes, que esto no está incluido como condición legal. Todo es tuyo. El resto queda entre tú y yo. Como hubiera sido con Jeromín. Confío en que obrarás sabiamente.

Sé que la casa necesita reparaciones y mejorías. Mis ahorros son más que suficientes para ello, como podrás comprobar.

Tu tío,

Juncal Salinas

Carlos permaneció inmóvil por unos segundos.

-¿Qué hubo de esa copita, Señor Berganza? -Preguntó por fin, aflojándose el nudo de la corbata.

-¡Así se habla, hombre! ¡Ja-ja-ja! -El abogado le sirvió una copa y volvió a llenar la suya-. Estupendas noticias, ¿verdad? ¡Enhorabuena!

-S-si, gracias -Carlos echó la cabeza hacia atrás y se tragó la bebida de un tirón-. Son muy buenas noticias.

El Señor Berganza insistió en que Carlos y Patricia fueran sus invitados a comer, y que luego permitieran que los llevara hasta Mirapicos, a dos horas de viaje.

Carlos sabía que Patricia estaba impaciente porque no sabía nada de lo que estaba pasando. El abogado no los dejaba solos, ni dejaba de hablar.

Aprovechando un momento en que Berganza se levantó de la mesa para ir al lavatorio, Patricia se volvió hacia su esposo.

-¿Qué está pasando aquí, Carlos? ¿Me quieres decir?

-Claro, amor. Verás, mi tío me ha legado todo lo que tenía, pero no sé exactamente qué es lo que tenía. Creo que unas tierras y una casa. Este cretino nos va a enseñar el lugar.

-¿Una casa?

-Sí, amor. Una casa. Pero es vieja según dice ése.

-No importa. Una casa es una casa. Una casa para veranear tal vez, o para

in one place long enough. And we found you to be the spitting image of Jeromín, the son that Beni and I lost in a train accident many years before you were born. Beni and I never had any more children, and my other nephews and nieces are impatient for me to croak so they can get their hands on all I have worked so hard for. Beni and I decided I would make you my heir because you expect nothing from me. That way, it's much more pleasant to write my will.

I never tried to see you again because I wanted that image of the little boy to last. We knew about you through the years because your mother wrote and told us about your studies, and how well you had turned out. But I always saw you as Little Carlitos, like I remembered Jeromín. I never wanted to see you as the man he could never turn out to be.

And that's why, Carlitos, I leave everything to you. My paradise, where Beni and I loved each other, where Jeromín was born, where I was born, and most surely, where I will die.

I only ask of you one thing. I ask this because I'm old, because I know that my time to join Beni is near, and just to give you something to worry about. That's what old uncles are for, to annoy young people, to never tell them how much they are to receive in the distribution, and in some fortunate occasions, to leave them enough so they can fight each other. But not one of my nephews and nieces will fight you. They each would have received a notarized letter from me at the time of my death explaining the irreversibility of my decision.

But as I was saying, the one thing that I wish is that you leave America and come to live in Mirapicos, and never allow anyone to make my home into a motel, a "rustic" mesón, or any other modern monstrosity for tourists. But don't worry, what I ask of you is not included as a legal condition. Everything is yours regardless. The rest is only between you and me, as it would have been with Jeromín. I know you will do the right thing.

I know that the house needs repairs and improvements. My savings will be more than enough for that, as you will soon see.

Your uncle,

Juncal Salinas.

Carlos remained motionless for a few seconds.

"What about that scotch, Mr. Berganza?" He asked, loosening his tie knot.

"That's better, my friend! Ha-ha-ha!" The lawyer poured the drink and re-filled his. "Great news, isn't it? Congratulations!"

"Y-yes, thanks," Carlos threw his head back and poured the drink down his throat. "Very good news, indeed."

Mr. Berganza insisted that Carlos and Patricia be his guests for lunch, and that they allow him to drive them to Mirapicos afterwards, over two hours away.

Carlos knew that Patricia was impatient to know what was happening. But the lawyer wouldn't leave them alone, and talked incessantly.

When he finally got up to go to the bathroom, Patricia, looked at her husband. "What's happening, Carlos? Would you please tell me?"

"Certainly, love. Look, my uncle has left me everything he owned, but I don't know what it is he actually had. I believe it is some land and a house. This guy will show us the place..."

alquilarla a otros que quieran veranear en ella...

-Veremos.

-¿Y cuando nos deshacemos de éste repugnante hombre?

-Espero que pronto. Es un pesado. Pero conoce el camino. Vamos a ver -buscó en el bolsillo de su chaqueta y sacó una libreta pequeña y un bolígrafo-. Tú eres buena navegante, toma nota de como llegar, pues yo tendré que prestarle atención a él todo el trayecto. Mañana iremos tú y yo solos a explorarlo todo. Por allá viene ya. Qué pronto. Debería estar meando todavía, con todo lo que bebe.

El camino a Mirapicos los llevó por tortuosas carreteras de montaña, siempre cuesta arriba. El Señor Berganza no dejó de hablar mientras Carlos respondía con monosílabos, con los ojos clavados en la carretera y un nudo de miedo en la garganta.

Patricia había empezado a escribir notas copiosas al principio, pero luego comenzó a apuntar lo que leía en los marcadores que aparecían de cuando en cuando, y a observar el camino agarrada del espaldar del asiento que ocupaba Carlos.

A medida que subían, las nubes estaban más cercanas, y el abismo a lados alternos se hacía más profundo. Patricia alcanzó a ver chatarra de autos y autobuses entre las rocas abajo, y tragó en seco. En varios sitios la carretera se hacía tan estrecha que el Señor Berganza detenía el automóvil y hacía sonar la bocina para anunciarse y así evitar un encontronazo con quien viniera del otro lado.

Pero pronto ya no era la peligrosa carretera sino el paisaje lo que los dejó sin aliento. Ante ellos se esparcía la cordillera cantábrica, con sus picos tocados de nieve alrededor de aterciopelados valles. Los pequeños caseríos surgían de cuando en cuando por las laderas, donde rebaños de ovejas pastaban sobre un verde delicado, como de musgo.

Al cabo de una hora de viaje cuesta arriba, vieron por fin el marcador de Mirapicos. A pocos metros después el Señor Berganza giró a la derecha por un caminito de tierra muy estrecho, donde la cuesta se hizo aún más empinada.

El camino terminaba en una pequeña explanada donde el Señor Berganza estacionó. Carlos buscaba con la vista, esperando ver alguna casa entre la vegetación.

-Hay que andar el resto del camino -anunció el Señor Berganza, apuntando hacia la ladera de la montaña donde colgaba un grupo de casas de piedra entre las cuales se destacaba una pequeña cúpula. Aunque el sitio quedaba a la sombra de la montaña a aquella hora del día, el grupo de casas tenía una brillantez deslumbradora.

En ese momento empezó a repicar una campana apenas un poco más sonora que los cencerros de un rebaño de ovejas que pastaba cerca.

-Estamos a tiempo para la misa, ¡Ja-ja-ja! -dijo el Señor Berganza, dándole una palmada a Carlos en la espalda.

-Pues a mí me gustaría ir -respondió Patricia- Si tan siquiera para agradecerle a Dios el que no nos despeñáramos por el camino, y para rogar que nos proteja al regreso.

-Bueno. Como ustedes deseen. Yo me voy al bar y luego me pueden ir a buscar allí.

"A house?"

"Yes, love. A house. But it's old, according to him."

"It doesn't matter. A house is a house. Maybe we could turn it into a summer house, and we could rent it out..."

"We'll see."

"And when are we going to get rid of this obnoxious man?"

"Soon, I hope. He's a pain. But he knows the way. Let me see," he searched in his pocket and extracted a small notebook and a pen. "Here. You are a good navigator, take note of how to get there. I'm going to be listening to him the whole way. Tomorrow you and I are going to explore everything by ourselves... I see him coming. So soon! He should be still peeing, as much as he drinks."

The journey to Mirapicos took them through winding mountain roads, always uphill. Mr. Berganza never stopped talking while Carlos answered in monosyllables, his eyes fixated on the road before them, a knot in his throat.

Patricia had started to write abundant notes at first, but as soon as they left the main roads she began to jot down only the signs that appeared from time to time. She observed the road closely, gripping the back of Carlos' seat.

As they climbed, the clouds seemed closer, and the abyss at alternating sides of the road seemed deeper. Patricia glimpsed at the rusted remnants of cars and buses among rocks below, and prayed in silence. Some stretches of road became so narrow that Mr. Berganza stopped and honked to announce himself and thus avoid a collision with another vehicle coming around the bend.

But soon, it was no longer the dangerous road, but the landscape which left them breathless. Before them, the Cantabrian mountains spread their majesty, with their snow-capped peaks and valleys of velvet. The small hamlets of stone houses appeared here and there, clinging to the slopes. Herds of sheep grazed on vegetation of a delicate green, like moss.

After what seemed hours of traveling uphill, the sign for Mirapicos appeared. A few meters ahead, Mr. Berganza turned right into a narrow dirt road, where the incline was even more steep.

The road ended on a small cul-de-sac, where the lawyer parked the car. Carlos searched for buildings among the vegetation and rocky walls.

"We have to walk the rest of the way," the lawyer announced, pointing toward a higher point on the mountain. A group of stone houses seemed to cling to rocks, holding an ancient steeple in the middle. Though the hamlet lay under the shade of the mountain, it was dazzling.

A bell began to clank in competition with the bells on the sheep nearby.

"We arrived just in time for mass, ha-ha-ha!" said Mr. Berganza, slapping Carlos' back.

"I would like to go," said Patricia. "If only to thank God that we're in one piece, and to pray so we can remain that way."

"As you like. I'm going to the bar. You can find me there."

"Is there a bar up there?" Carlos was incredulous.

"A small one, in Don Gaspar's *mesón*. Would you like to accompany me, Mr.

-¿Hay un bar allá arriba? -Preguntó Carlos.

-Uno muy pequeño, en el mesón de Don Gaspar. ¿Viene usted conmigo a tomar una copa, Señor Vila?

-No, gracias. Sólo preguntaba. Me voy a misa con mi esposa.

Era necesario escalar por la ladera hasta el caserío. El Señor Berganza iba adelante a paso tendido sin tropiezo, mientras Carlos y Patricia se agarraban de arbustos y ramas para evitar un paso en falso.

-Cuidado de un resbalón, Patricia, -advirtió Carlos-. Hay caca de oveja por todas partes.

-Ya me di cuenta, amor.

Les resultaba imposible alcanzar al abogado, quien se detenía de cuando en cuando para esperarlos.

-Se nota que usted está acostumbrado a esto -dijo Carlos jadeando.

-Me criaron en la montaña, cerca de Potes, a pocos kilómetros de aquí.

-Pues a nosotros no -Patricia sentó sobre una roca a descansar.

Al entrar al caserío, Carlos y Patricia se sintieron el blanco de todas las miradas. Un pequeño grupo de ancianas vestidas de negro camino a la capilla los observaba. Algunos ancianos tocados con boinas y chaquetas de pana los miraron de arriba a abajo. El Señor Berganza saludaba como si los conociera y presentaba a sus acompañantes como "los herederos americanos de Don Juncal." Pero la gente del pueblo los miraba curiosa, sin saber qué decir.

Carlos y Patricia entraron a la diminuta capilla. Estaba casi en ruinas. Algunos de los bancos estaban rotos, apilados en los rincones. El que ellos escogieron para sentarse se tambaleaba precariamente.

El cura comenzó la misa, y Carlos se dio cuenta de que no se trataba de un cura cualquiera. Era tartamudo y padecía de espectaculares tics nerviosos. De repente inclinaba la cabeza hacia un lado y frotaba la oreja contra su hombro como si tuviera pulgas.

-Este cura es un payaso, ¿o estoy viendo visiones? -Susurró Patricia.

-Es una visión, sólo que yo también la veo.

Los monaguillos, dos niños de alrededor de once años, eran como dos gotas de agua. Ambos mofletudos, tenían remolinos en la coronilla, y churretes por todo el rostro y la pechera. Le estaban haciendo burla al cura. Imitaban sus tics nerviosos y se miraban de reojo con picardía. Al quedar de rodillas los tres, uno de ellos se limpió la nariz con la sotana del cura cuando éste se encontraba en medio de uno de sus breves arrebatos de nervios.

Cuando el cura se atascaba con alguna palabra a causa de su tartamudeo, los monaguillos ponían cara de esfuerzo, como si estuvieran pujando, y cuando la palabra salía por fin, hacían como que aplaudían a sus espaldas.

Carlos y Patricia no podían creer lo que veían. Al mirar a su alrededor notaron que la mayoría de los feligreses daban cabezadas, otros no les quitaban la vista a ellos de encima y el resto rezaba calladamente sin prestar atención. No pudieron reprimir una sonrisa al descubrir que los monaguillos les estaban dedicando sus payasadas exclusivamente a ellos.

Al terminar la misa, de nuevo se vieron en compañía del Señor Berganza,

Sueños y otros achaques

Vila?"

"No thanks. I was just curious. I'm going to mass with my wife, if you don't mind."

It was only by half-walking, half-climbing that the hamlet could be reached. Mr. Berganza walked ahead at a good pace, while Carlos and Patricia hung onto branches and bushes, afraid to lose their footing.

"Be careful not to slip, Patricia," Carlos warned. "There's sheep dung everywhere."

"I noticed, love."

They could hardly keep up with the lawyer, and he was forced to stop from time to time to wait for them.

"It's obvious that you're used to this," Carlos said, breathing heavy.

"I was raised on these mountains near the town of Potes, a few kilometers from here."

"Well, we weren't." Patricia sat on a protruding rock.

Upon entering the hamlet, Carlos and Patricia became the center of attention. A small group of old women in black on their way to the chapel stared at them openly. A few old men in dark corduroy jackets peered from under their berets. Mr. Berganza greeted them as if he knew them, and introduced his companions as "the heirs of Don Juncal, fresh from America." And the village people smiled, not knowing what to say.

Carlos and Patricia entered the diminutive chapel, which was almost in ruins. The pews were in terrible condition, some benches piled on the sides. The one they chose swayed dangerously.

The priest began to say mass, and Carlos realized that he was no ordinary priest. He stuttered severely and suffered from violent nervous tics. He would suddenly take his shoulder to his ear and rub it, as if he had fleas.

"This priest is a clown, or am I seeing things?" Patricia whispered.

"It's a vision, and I'm seeing it too."

The altar boys, a pair of ten or eleven-year-olds, looked exactly alike. They both had fat cheeks, hair sticking out all over their crowns, and spots of dirt everywhere. They were shamelessly making fun of the priest. Copying his nervous tics, they glanced at each other devilishly. Once, when the three of them were kneeling in close proximity to one another, the priest went into one of his contortions and the boy on his right wiped his nose with the priest's skirt.

When the stutter left him wincing, stuck in the middle of a word, the boys grimmaced as in the middle of a great effort, and when the word was finally expelled, they mimicked clapping behind his back.

Carlos and Patricia couldn't believe their eyes. When they looked around they noticed that the majority of the faithful were nodding off, a few stared at them with curious expressions on their faces, and a few of the women prayed without paying attention to what was happening on the altar. They couldn't repress smiles when they realized that the boys were dedicating their performance to them alone.

Dreams and Other Ailments   155

subiendo otro trecho hasta la casa que ahora era propiedad de Carlos.

Era un edificio viejo, de piedra, de apariencia sólida y digna que se erguía un poco alejado del caserío. El abogado extrajo la llave de debajo de una maceta de flores a la entrada. Al abrir la puerta principal, un olor mustio los envolvió mientras el Señor Berganza prendió las luces.

Patricia dejó su bolso sobre un sillón y empezó a abrir ventanas. El lugar era muy espacioso, de dos pisos por un lado y solo el piso superior por el lado próximo a la ladera de la montaña. La cocina estaba parcialmente oculta por una pila de leña, y el hogar era tan grande que varias personas podían caber en él de pie. Los muebles eran de madera oscura y de buena calidad. Pero obviamente, la cocina había sido siempre el corazón de la casa. Había en ella una mesa familiar con seis sillas a su alrededor, un sillón mullido frente al hogar, un radio consola de onda corta, y un cesto de costura.

-Voy a abrir las ventanas de arriba -dijo Patricia, subiendo las escaleras.

Sus apresurados pasos iban de habitación en habitación. El Señor Berganza forcejeaba con la puerta de la cocina, que estaba trabada. Carlos acudió a ayudarlo cuando Patricia ya bajaba.

-Carlos, no encuentro un baño por ninguna parte.

-¿Cómo? ¿Has buscado bien?

-Claro cariño.

-Perdón, -interrumpió el Señor Berganza- pero creo que Don Juncal nunca llegó a poner un baño aquí.

-¿Cómo dice? -Patricia dió un paso atrás.

-Por estas partes no todos tienen baño.

-¿Y cómo se las arreglan? -Patricia preguntó.

-Pues se las arreglan abajo, en la cuadra.

-¿Como los animales?

-Vengan conmigo.

Siguieron al Señor Berganza por una pequeña escalera a un costado de la sala, y pronto se encontraron en un espacio oscuro, húmedo y maloliente, aunque ya no había cabras. El piso estaba cubierto de paja y cajas de madera amontonadas a un lado. El Señor Berganza caminó hasta el otro extremo del lugar para abrir una puerta y dejar entrar la luz.

-Aquí tenía Don Juncal sus cabras, sus vinos, y sus setas.

-¿Setas? -Preguntó Patricia.

-Hongos, querida.

-Y aquella silla es el baño. Tiene un agujero estratégico.

-Ya veo, -Carlos se cubría la nariz con su pañuelo.

-Si me permiten -empezó Patricia con una extraña expresión-. Hace rato que tengo ganas de usar el baño, y como lo hemos encontrado, ustedes sobran.

Carlos y el Señor Berganza se excusaron y entraron a la casa de nuevo.

-Señor Vila, -El Señor Berganza lo miró de frente-. No le miento si le digo que me gustaría comprar todo esto. Tengo un socio con considerable capital para...

-Perdón, pero su oferta es prematura -Carlos se sorprendió de la rapidez de su propia respuesta-. Tengo que ver la tierra, hablar con Patricia, y tengo que

After the mass, they were again in the company of Mr. Berganza, climbing another stretch of mountain to reach the house that now belonged to Carlos.

The stone building stood aside from the hamlet, surrounded by trees. It was obviously very old, but of a solid and dignified appearance. The lawyer found a key under a flower pot by the entrance. A whiff of mold reached them as the door creaked open, and Mr. Berganza turned on the lights, since the windows were closed.

Patricia threw her bag on a chair and began to open all the blinds. There was a great deal of space, as the house had two floor on one side and only an upper floor on the side adjacent to the mountain slope. The wooden stove was almost hidden by the pile of split timber, and the fireplace was large enough for several people to stand in it. All the furniture was made of heavy wood and looked comfortable, welcoming. It soon became obvious to them that the heart of the house had always been the kitchen. In it, a large dining table surrounded by six chairs was covered with a white tablecloth, and an easy chair seemed to wait for someone by the console short-wave radio, a true antique, next to a sewing basket.

"I'm going to open the windows upstairs," Patricia announced, as she began to climb the stairs.

Her hurried steps went from room to room. Mr. Berganza wrestled with the kitchen door, which was stuck. When Carlos approached to help him, Patricia returned.

"Carlos. I can't find the bathroom anywhere."

"What? Have you looked carefully?"

"Of course, darling."

"Excuse me," Mr. Berganza interrupted. "I don't think that Don Juncal ever built a bathroom here."

"What are you talking about?" Patricia took a step back.

"Few people have bathrooms around here."

"How do they manage?" Patricia wondered.

"They manage downstairs, in the stable."

"Like animals?" She asked.

"Come with me."

They followed Mr. Berganza through a dark little stairway on the side of the house. Soon they found themselves in a dark, humid room that still smelled of manure, though the goats were long gone. The floor was covered with straw, and a large pile of wooden boxes to one side. Mr. Berganza walked across the room to a door that opened to the outside. The light came in.

"This is where Don Juncal had his goats, his wine, and his *setas.*"

"*Setas?*" Patricia asked.

"Mushrooms, darling."

"And that chair in the corner is the toilet. It has a strategically placed hole..."

"I see." Carlos interrupted, as he covered his nose with a handkerchief.

"Excuse me," Patricia started, bearing a funny expression. "I was looking for the bathroom, and now that we have found it, could you leave me some privacy?"

inspeccionar todos los papeles con cuidado.

-¡Hombre, claro! Pero piense en todos los adelantos a los que su bonita esposa está acostumbrada, como grandes cuartos de baño con agua corriente. Esto no es para ella, ni para unas vacaciones siquiera. Y además, si ya ha pensado en vender, dudo mucho que encuentre un mejor comprador.

-Agradezco su interés. Todavía no puedo pensar en vender cuando no sé que es lo que estoy vendiendo. Tal vez lo considere más tarde. Pero espero que no me presione.

-Vale, vale. Sin presión, -miró a su alrededor-. Para mejorar ésto harían falta muchas pesetas. Mi socio las tiene. Si se invierte dinero sabiamente hasta el pueblo mejoraría. Imagínese qué bonito sitio para un hostal romántico...

-¡No!

-¿Cómo?

-Disculpe, no quise gritarle. Pero no.

En eso Patricia abrió la portezuela de la cuadra y regresó de las sombras.

-Es mi turno ahora -Carlos salió apresurado, dejando a Patricia a merced del Señor Berganza. Entró a la cuadra, orinó de prisa sobre un montón de paja, y corrió a pegar el oído a la puerta mientras se abrochaba los pantalones.

-¿Qué le parece el lugar, Señora?

-No sé. Es muy rústico, pero tiene su encanto. Habría que ver el resto.

-Desde luego. Pero recuerde que si no le gusta siempre lo pueden vender.

-¡No! Quiero decir, me alegro saberlo. Pero eso lo conversará usted con Carlos. El será quien decida.

-Claro.

Carlos salió, y el Señor Berganza entró a la cuadra.

-No creo yo que la gente se bañara allá abajo en la cuadra, -empezó Patricia,- tienen que haber usado unas vasijas que hay allá arriba en las habitaciones. Tiene que ser muy incómodo.

-No para quien está acostumbrado -declaró el Señor Berganza desde la cuadra.

Aquel día no pudieron ver todo el terreno porque ya caía la tarde y Carlos no quería someterse al escalofriante viaje en plena oscuridad. Pero al llegar a Santander compararon víveres, y se prepararon para salir temprano a la mañana siguiente en un Seat alquilado que era del tamaño de una bañera.

En el bolsillo de su chaqueta, Carlos llevaba un trazado de sus nuevas tierras, y una guía escrita por Benita Saíz de Salinas, la que fuera esposa de su tío. A juzgar por los papeles pertinentes, Don Juncal era un meticuloso tenedor de libros y odiaba incurrir en deudas. Vivía simplemente pero no se privaba de nada que realmente deseara. Sus tierras no eran de gran extensión, pero cubrían un pequeño valle repleto de árboles frutales.

-Mira, amor. -señaló Carlos- Aquél árbol está cargado de fruta. Ven, vamos a ver qué es.

Al poco rato habían comido cientos de hermosas cerezas, y se habían llenado los bolsillos y los sombreros antes de regresar a la casa.

Carlos and Mr. Berganza excused themselves and went back into the house.

"Mr. Vila," the lawyer looked at him in the eye. "I don't lie when I tell you that I would love to buy all this from you. I have a partner who has considerable capital..."

"I'm sorry, but your offer is premature," Carlos surprised himself with his swift answer. "I have to see the land, I have to talk it over with Patricia, and I have to look at my uncle's papers carefully."

"Surely! But think of all the comforts to which your pretty wife is accustomed, like big bathrooms with running water and things like that. This is not for her, not even for a short vacation. And if you think of selling later, I doubt that you would find a more willing or fair buyer..."

"I appreciate your concern. But I can't sell when I don't know what I'm selling. I might consider it later, but now I hope you won't pressure me."

"No pressure," he looked around. "You're sure going to need a lot of *pesetas* to make improvements here. If money is invested wisely, the whole village would improve. Imagine what a beautiful place for a romantic little hotel..."

"No!"

"Pardon?"

"Sorry. I didn't mean to yell. But no."

At that moment, Patricia opened the stable door and emerged from the shadows.

"My turn!" Carlos hurried through the door.

He left Patricia at the mercy of Mr. Berganza, and entered the stable. After relieving himself on a pile of straw, he ran back to lean his ear against the door while he zipped his pants."

"What do you think of the place, *señora?*"

"I don't know. It's rustic, but it has its charm. I would have to see the rest."

"Naturally. Just remember that if you don't like it you can always sell."

"No! I mean, you will have to speak to Carlos about that. He decides."

"Of course."

Carlos came into the living room and Mr. Berganza took his turn at the stable.

"I don't think people bathed down in the stable," Patricia started. "They must have used the washstands in the bedrooms. That must have been uncomfortable."

"Not when people are used to it," Berganza remarked from behind the stable door.

That day they could not explore the land because it was getting late and neither Carlos nor Patricia wanted to risk the hair-raising ride in the dark. But once in Santander they bought bags of food, and prepared to travel very early in the morning in a rented Seat the size of a tub.

In his breast pocket Carlos carried a plan of his land, and a guide written and signed by Benita Saíz de Salinas, his uncle's wife.

Judging by the legal papers, it was obvious that Don Juncal was a meticulous

-Debíamos haber traído una cesta. -dijo Patricia-. ¡Con todas estas frutas maduras!

-Por este lado no es muy incómoda la subida - observó Carlos escupiendo semillas de cereza-. Es solamente desde donde estacionamos. El resto es muy agradable.

-Sí. Muy agradable. ¿Y todo esto es tuyo, amor? ¿Estás seguro?

-Ya has visto los papeles. Todo esto es *nuestro.*

Prepararon la mesa con las provisiones que habían traído, vino, queso, chorizo, y pan. Encontraron pocos platos y vasos disponibles, pero había varios porrones de cristal con largos canutos.

Patricia vertió el vino en uno de los porrones e hizo que Carlos abriera la boca para recibir el chorrito. El primero le cayó en un ojo, y el segundo en la frente, pero al poco rato de practicar entre risas, lograron beber del porrón con cierta destreza.

En cuanto se sentaron a la mesa, alguien tocó a la puerta.

-Como sea Berganza le voy a dar una patada por el culo, -Carlos se levantó, listo para luchar.

Pero no era Berganza. En el umbral había una viejita de negro con una cazuela grande en los brazos.

-¡Hola chicos! ¡Bienvenidos!

La mujer entró a la cocina sin esperar a que la invitaran y colocó la cazuela en el centro de la mesa. Se volvió a ellos con los brazos abiertos y una sonrisa de pocos diente.

-¡Venid, hijos míos! ¡Venid a los brazos de vuestra tía Vicenta!

-¿Tía Vicenta? -Preguntó Carlos, un poco anonadado, abrazando a la anciana. - No sabía...

-Bueno, tía, lo que es tía tuya, no lo soy. Pero como si lo fuera. La Beni y yo éramos grandes amigas, a pesar de que ella me quitó a Juncal, que conste. Lo tenía yo en el bolsillo, cuando se conocieron en Unquera y el quedó embrujado. Pero eso fue hace una eternidad. Luego yo me casé con Damián, tuvimos ocho hijos, y todos se han ido a Santander. Pero vienen cada vez que pueden. Son muy buenos mis hijos. ¡Pero venga, a comer, que os he traído un cocido de cabrito de los que tan sólo yo sé hacer! Y me vuelvo a casa, que si no estoy para la siesta a Damián se le agria la leche -la mujer rió y caminó hacia la puerta, donde se volteó-. ¿Os quedáis a dormir esta noche?

-Sí, pensábamos quedarnos.

-Pues tenéis que venir a mi casa a cenar.

-No queremos causarle molestias... -empezó Patricia.

-A callar, que no es molestia. Tenemos una mesa con muchas sillas y sólo estamos Damián y yo. Invitaré a varios vecinos para que os vayáis conociendo. Todos somos como familia. Y si sois sobrinos de Juncal y la Beni, sois nuestros sobrinos también.

-¿A qué hora quiere que lleguemos?

-Pues no sé, a la hora de la cena o cuando queráis. Como a las nueve. ¿Vale?

-Vale.

bookkeeper and hated to incur debts. He lived simply, below his means, but he didn't deprive himself of anything he really wanted. His land was not extensive, but it encompassed a tiny valley covered with fruit trees.

"Look, darling," Carlos pointed. "That tree is loaded with fruit. C'mon, let's see what it is."

In only a few minutes they had eaten hundreds of luscious, sweet cherries, and had filled up their pockets and hats before they started back home.

"We should have brought a basket," Patricia observed. "All this fruit..."

"This climb isn't too bad," Carlos observed. "The only grueling climb is from the car to the house. The rest is pleasant," he said, spitting cherry pits.

"Yes. It is pleasant. And all of this is yours, my love? Are you sure?"

"You saw the papers. It is all *ours.*"

They set the table with the provisions they had brought: wine, cheese, ham, bread, and fruit. There were few plates or glasses, but they discovered several *porrones*, which were glass containers with a long side spout that pours the liquid into the mouth.

Patricia filled one of them with wine and tried to shoot the stream into Carlos' mouth. On the first try, she hit him in the eye, and the second on the forehead. After some practice and much laughter, they were drinking out of a genuine *porrón* with ease.

As soon as they sat at the table, they heard a knock on the door.

"If it is Berganza I'm going to kick his ass," Carlos stood up, ready for battle.

But it wasn't Berganza. At the threshold stood a little old lady in black with a large pot in her arms.

"Hi, kids! Welcome!"

The woman entered in the kitchen uninvited and placed the pot on the table. Then she turned to face them with a wide smile that uncovered few teeth.

"Give a hug and a kiss to your aunt Vicenta, both of you!"

"Aunt Vicenta?" Carlos asked, a bit dumbfounded, embracing the little woman. "I didn't know..."

"Well. I'm not your real aunt. But it's as if I were. Beni and I were best friends, though she took Juncal away from me. I swear. I had him wrapped around my little finger when they met in Unquera and that was the end of him. But that happened ages ago. I later married Damián, we had eight children, and they have all left for Santander. But they visit every time they can... My children are so good! But c'mon, eat! I have brought you my specialty, mountain goat stew! Don't let it get cold! And I'm heading back, 'cause if I'm not home at naptime Damián's milk will sour," she laughed, walking toward the door. But she soon turned around. "Are you staying the night?"

Carlos and Patricia looked at each other.

"Yes, we were thinking we would like to stay."

"Come to my place for dinner, then."

"We don't want to impose..."

Esa noche, Carlos y Patricia fueron agasajados por todo Mirapicos. Contrario a lo que suponían tras su experiencia en la capilla, sí había alguna gente joven en la aldea. Eran campesinos simples, pero muy simpáticos y sanos. Entre mucha comida y vino, todos tenían anécdotas que relatar acerca de Juncal y la Beni.

Eran ya pasadas las dos cuando por fin subieron a la casa. Había refrescado mucho, conque empezaron a buscar mantas y cobertores y se arrebujaron en la cama del dormitorio principal. En poco rato estaban dormidos con los brazos entrelazados.

Carlos tuvo un sueño vívido, en el cual sintió que su corazón estallaba de gozo. Se veía allí, en Mirapicos, lejos del tráfico y el ruido de Manhattan. Se veía sudoroso y feliz, trabajando la tierra, libre de preocupaciones. Desde el campo podía ver su casa, y hacía planes para renovarla, para instalar un baño o dos, una cocina de gas, y calefacción. Se sentía el hombre más afortunado de la tierra. De pronto se encontró ante Patricia, que estaba pintando el cuarto de los niños. ¿De los niños? Si, la veía con la barriga muy grande, cubierta de pintura amarilla, envuelta en una aureola de luz, sonriéndole como sólo ella sabía hacerlo.

Al despertar, vio como el mismo resplandor de su sueño llenaba la habitación. Patricia estaba sentada en el marco de la ventana bebiendo de un tazón.

-Buenos días, amor, -dijo Carlos, sonriendo.

-Buenos días perezozo. ¿Quieres café?

-¿Café? ¿Cómo?

-Hay una estufita de gas sobre la fiambrera. No la notamos ayer. Funciona muy bien.

-¿Y el café?

-Nos lo dio Doña Vicenta anoche, ¿no recuerdas?

-Ah, si, vagamente.

Patricia le sirvió una taza y se la trajo a la cama.

-Tenías haber visto el amanecer. Era algo milagroso sobre los picos nevados. Me dio pena despertarte. Parecías un niño dormido. Ya podrás verlo en otra ocasión.

-¿Has dormido bien?

-Como nunca. Pero he tenido un sueño tan lindo que me desperté y no pude volver a dormir. Entonces vi que amanecía...

-Cuéntame tu sueño.

-Te vas a reír.

-Claro que no. Te lo prometo.

-Soñé que un niño precioso me decía que quería ser mi hijo. ¡Era muy parecido a tus fotos de cuando niño, Carlos! Creo que es un buen augurio.

-¿Y el propio niño te hablaba?

-Sí, era un niño como de cuatro o cinco años. Me decía que quería nacer de mí, y vivir aquí...

-Muy curioso...

Patricia se metió en la cama y se arrebujó contra él.- ¿Amor, tú crees que pudiéramos arreglar las cosas de manera que nos pudiéramos quedar aquí? Tal vez no ahora mismo, pero en unos años.

"Hush! It's no imposition. We have a very large table with many chairs around it, and it's only Damián and me. I'll invite a few neighbors so you begin to know them. We're like a family. And if you're the niece and nephew of Juncal and Beni, you're ours too."

"At what time do you want us?"

"I don't know, suppertime, or whenever you want. Say, around nine, okay?"

"Okay."

That night, Carlos and Patricia were entertained by all of Mirapicos. Contrary to their assumptions, there were young people living there. Simple farmers full of spunk and optimism. Many anecdotes about Juncal and Beni were told that night, amidst much food and wine.

It was way past two when Carlos and Patricia finally made the final climb up to the house. The night had turned cool, so they scrambled for blankets and bundled up on the largest bed. In a matter of seconds they were asleep in each other's arms.

Carlos had an unusually vivid dream, in which he felt his heart almost burst with happiness. He was in Mirapicos, far from traffic, noise, and the stress of Manhattan. He saw himself sweaty and happy, working on his and his uncle's land. He contemplated the house above the field, making plans to restore it, to install a bathroom or two, a gas range, and a furnace. He felt he was the luckiest man in the world. Suddenly, he was looking at Patricia as she painted the nursery. The nursery? Indeed, her belly was very large, covered with large yellow paint stains. She was surrounded by a warm glow, and she smiled at him as only she knew how.

When he woke up, it was as if the same glow was filling the room. Patricia sat on the window sill, sipping from a large cup.

"Good morning, love," Carlos yawned.

"Good morning, sloth. Do you want some coffee?"

"Coffee? How?"

"There's a portable little butane stove above the pantry. We didn't notice it yesterday. It works."

"And what about the coffee?"

"Aunt Vicenta gave it to us last night. Don't you remember?"

"Vaguely."

Patricia poured him a cup and brought it to bed.

"You should have seen the sunrise. It was a miracle when the light hit the snow on the summit. But I didn't want to wake you up. You looked like a little boy, sleeping. There will be other sunrises here."

"Did you sleep well?"

"Like never before. And I had a fabulous dream. It was so amazing that I couldn't go back to sleep. Then I saw the sunrise..."

"Tell me about your dream."

"You're going to laugh."

"No, I won't. I promise."

-¿A vivir?

-Sí. Podemos vender el apartamento de Manhattan. Sabes que mi padre me dejó un dinero que nunca he tocado. Pudiéramos aprender a cosechar algo aquí.

-¿De veras? ¿Te gusta este lugar tanto?

-Como nunca me ha gustado ningún otro lugar.

Carlos sintió que se le llenaba el pecho de alegría, como en su sueño. Tomó a Patricia en sus brazos y la besó.

-Nos quedaremos pues.

Patricia saltó de alegría. -¿Lo prometes?

-Desde luego.

Ella se le echó encima, loca de felicidad.

- Y cuando todo esté arreglado, podremos dejar de tener cuidado y empezar a pensar en un hijo.

-Magnífica idea. Se parece a mi sueño. También yo tuve uno, ¿sabes?

-Cuéntamelo.

-Luego. ¿Para qué esperar? -La besó.

-¿Para qué esperar qué?

-El niño ha de estar impaciente por venir.

Y en aquel momento la luz de la mañana entró por la ventana y los envolvió en un manto tibio.

"I dreamt of a precious little boy who told me he wanted to be my son. He looked just like your photos from childhood! I think it was a good omen."

"The little boy spoke to you?"

"Yes. He looked about four years old. He said he wanted to be born from my belly, and to live here."

"How peculiar."

Patricia slipped into bed and cuddled next to Carlos. "My love? Do you think that we could arrange things so that we could, maybe, stay here? Maybe not right away, but in a couple of years?"

"To live?"

"Yes. We could sell the Manhattan apartment, and you know that my father left me a trust that I have never touched. We could learn to farm here."

"Are you serious? Do you like this so much?"

"Like I have never liked another place."

Carlos felt that his chest could explode from joy, as it did in his dream. He wrapped Patricia in his arms and kissed her deeply.

"We'll stay, then."

"Do you mean it?" She jumped up.

"Of course."

She threw herself on him. "Do you think that when we're settled we could stop taking precautions and start thinking about having a baby?"

"That's a splendid idea. Just like my dream. I had one too, you know?"

"Tell me about it."

"Later. Why wait?"

"Why wait for what?"

"The baby must be impatient to join us."

And at that moment, morning sunbeams covered them with a blanket of bliss.

Books Available from Gival Press

Dervish by Gerard Wozek
1st edition, ISBN 1-928589-11-1, $15.00
Winner of the 2000 Gival Press Poetry Contest. This rich whirl of the dervish traverses a grand expanse from bars to crazy dreams to fruition of desire.
"...By Jove, these poems shimmer." — Gerry Gomez Pearlberg, author of *Mr. Bluebird*

Dreams and Other Ailments — Sueños y otros achaques by Teresa Bevin
1st edition, in English & Spanish, ISBN 1-928589-13-8, $21.00
A wonderful array of short stories about the fantasy of life and tragedy but filled with humor and hope.
"...*Dreams and Other Ailments* will lift your spirits...." — Dr. Lynne Greeley, Critic & Professor of Theatre, University of Vermont

Flint Shards from Sussex by Jeff Man
1st edition, ISBN 1-928589-12-X, $8.95
Winner of the 1999 Gival Press Poetry Contest. Passion and love are invoked in this marvelous collection of poetry loosely based on *Wuthering Heights*.
"...a book of lyric intensity..." — Diane Wakoski, author of *Argonaut Rose*
"A poignant collection." — Katherine Soniat, author of *A Shared Life*

Impressions Françaises by Robert L. Giron
2nd edition, in French, ISBN 1-928589-06-5, $4.95
Haiku about historical events and people of France.
"A beautiful and moving homage to the land of [his] ancestors." — President Jacques Chirac

Metamorphosis of the Serpent God by Robert L. Giron
1st edition, ISBN 1-928589-07-3, $12.00
A collection of poetic forms which embrace the past and the present, ethnic and sexual identity, the mystical and the personal.

The Nature Sonnets by Jill Williams
1st edition, ISBN 1-928589-10-3, $8.95
An innovative collection of sonnets that speaks to the cycle of nature and life, crafted with wit and clarity. "...Refreshing and pleasing." — Miles David Moore, author of *The Bears of Paris*

Recuerdos by Robert L. Giron
1st edition, in Spanish, ISBN 1-928589-03-0, $4.95
A chapbook in Spanish of a maternal grandfather's life and adventure in the Greater Southwest of the United States.

Songs for the Spirit by Robert L. Giron
1st edition, ISBN 1-928589-08-1, $16.95
A philosophical work in verse which reflects a vision of the new millennium, with a feminist twist, filled with the Spirit.
"This is an extraordinary book." — John Shelby Spong, author of *Why Christianity Must Change or Die: A Bishop Speaks to Believers in Exile*

Wrestling with Wood by Robert L. Giron
3rd edition, ISBN 1-928589-05-7, $5.95
A chapbook of impressionist moods and feelings of a long-term relationship which ended in a tragic death.
"...nuggets of truth and beauty sprout within our souls." — Teresa Bevin, author of *Havana Split*

For Book Orders Only, Call: 800.247.6553
Or Write: Gival Press, LLC / PO Box 3812 / Arlington, VA 22203
Or Visit: givalpress.com